不作怪便是好领导

职场慢性病

有实力，有决心，还要让社会知道你

动物在看人类的笑话

您在身体银行存了多少钱

站在聚光灯下
——机关管理工作随想

补天／著

知识产权出版社
全国百佳图书出版单位

图书在版编目（CIP）数据

谁该站在聚光灯下：机关管理工作随想 / 补天著. —北京：知识产权出版社，2019.2
ISBN 978-7-5130-6053-0

Ⅰ.①谁… Ⅱ.①补… Ⅲ.①随笔—作品集—中国—当代 Ⅳ.①I267.1

中国版本图书馆CIP数据核字（2019）第010923号

内容提要

作者从多年坚持不懈的业余随笔写作中精选的这些精悍短文，与机关管理工作密切相关，与个人读书思考丝丝入扣，并在个人微信公众号发表后获得读者极反馈。文字质朴，情感真挚，涉猎广泛，角度独特，共鸣热烈，发人深思。
特别适合机关公务员及事业单位工作人员轻松一阅，强力充电。

责任编辑：李 琳　王祝兰	责任校对：谷 洋
封面设计：张国仓	责任印制：刘译文

谁该站在聚光灯下
——机关管理工作随想

补天　著

出版发行：知识产权出版社 有限责任公司	网　　址：http://www.ipph.cn
社　　址：北京市海淀区气象路50号院	邮　　编：100081
责编电话：010-82000860转8555	责编邮箱：wzl@cnipr.com
发行电话：010-82000860转8101/8102	发行传真：010-82000893/82005070/82000270
印　　刷：三河市国英印务有限公司	经　　销：各大网上书店、新华书店及相关专业书店
开　　本：787mm×1092mm　1/32	印　　张：9.625
版　　次：2019年2月第1版	印　　次：2019年2月第1次印刷
字　　数：190千字	定　　价：38.00元

ISBN 978-7-5130-6053-0

出版权专有　侵权必究
如有印装质量问题，本社负责调换。

自 序

本人接触管理知识及从事管理工作较早。16岁考入军校，学习军事指挥，涉及管理知识。毕业后在集团军和研究机构历任排长、连长、干事、科长等职。1995年转业后，在某中央国家机关工作至今，其间曾在人力资源部门工作16年，其中一项重要工作就是组织培训处级领导干部。处长们的一个普遍反映是，外请专家虽然理论功底好，讲得也很精彩，但总有距离感，不解渴。我因熟悉单位及干部情况，遂走上讲台，与处长们交流管理心得，受到肯定。不少同事鼓励我整理出来，能与更多的人分享。从动念到交稿，其间断断续续，竟近十个年头。

这些年来，管理类图书始终是市场热点，占据书店的显眼位置，更是机场书店的主角。我将管理类图书分为四类：第一类是专家著作，多研究某一问题，系统、深刻而又有些深奥；第二类是成功企业家们的传记，此类书多由专业作者操刀，可读性强，但客观性不够；第三类是编著类，就某热点话题，搜集一些相关文章，"复制""粘贴"即成书，也是这些年图书市场的一大奇观；还有一类，为有实际管理经验者所著，虽系统性欠缺，但富有真知灼见，为我所好，这也是我写作此书的追求。当然，此书究竟做到了几分，还要靠大家评判。

还有几点需要说明：

一是这些文章多因实践所触，有感而发，难免片面，甚至错误，谨供参考。

二是本书内容多围绕管理而作，也有数篇涉及科技发展、读书作文等，这些也都是管理者日常关心的话题，就算是给朋友们的一点阅读调剂吧。

三是每篇文章后面的问答，多为文章在公众号发表后与朋友们网上交流时的情景再现。公众号创立后，曾以每天一篇的奇迹坚持了近一年。后因工作调动，新岗位任务繁重，公众号遂不告而终，也是一桩憾事。

四是本人审美向好简洁，故文章甚至句子求短，且段落分明，相信能够降低朋友们的阅读负担。

本书得到了单位领导和同事的支持，没有他们的鼓励，本书不会面世，在此向他们致以诚挚的敬意。其间，以写作为名，逃避了许多家务劳动，借此机会，向爱人张文露致谢，感谢她的理解和支持！

该交代的，都已坦白，欢迎大家翻阅后面的文章。谢谢！

结稿于美丽的雪都崇礼
2018 年 11 月 22 日

目 录

卷 一

认识你自己 \\003

从体认组织文化开始 \\006

管理工作的三重价值 \\009

管理者的五个角色 \\012

管住情绪 \\018

管住欲望 \\021

不作怪便是好领导 \\025

"雷霆雨露,俱是皇恩"正议 \\027

"左""右"之争 \\030

90后是新人类　＼＼035

把好新人入门关　＼＼038

青年成熟的标准　＼＼042

事业与职业　＼＼046

择　　业　＼＼049

职场慢性病：来得及　＼＼052

心中有数　＼＼054

可能是天性不和　＼＼058

"常知"与"真知"　＼＼060

说"悟"　＼＼064

积微成著　＼＼067

秉性能不能改　＼＼070

向宗教学管理　＼＼074

担　　当　＼＼078

"贴标签"　＼＼081

骨干的培养和使用　＼＼084

谁说管理者手中无资源　＼＼087

强人时代落幕了　＼＼090

私欲大过天 \\093

人人戴着有色眼镜 \\096

您为何升上不去 \\098

不要触碰底线 \\101

不要迷信格言警句 \\103

谁该站在聚光灯下 \\106

公私不总是对立 \\109

机关事业单位的优与劣 \\111

公务员露出本来面目 \\114

为中国企业管理创新喝彩 \\117

英雄是时势的产物 \\121

你我依然是农民 \\124

重复：如影相随的魔鬼 \\127

都是因为没有退出机制啊 \\130

关注"心灵感冒" \\133

卷 二

与己同行 \\139

还要做生活的观察者 \\142

顺性而为 或能恒久 \\145

增加阅历也是为了遇见更好的自己 \\148

兴　　味 \\150

"里面"与"外面"

　　——从女教师的辞职信说起 \\153

发财靠什么 \\156

意识与彩虹

　　——读《思维世界的语言》 \\158

吵架也有规矩 \\162

李光耀是个不平凡的人 \\165

李光耀是个实事求是的人 \\168

毛泽东何以能够高瞻远瞩 \\172

评价标准变了，知道吗？ \\176

破除"我执" \\179

情与理 \\183

生命中的加减法 \\186

生活中的相对论 \\189

有实力，有决心，还要让社会知道你 ╲192

秋千的奇妙功用 ╲199

三位企业界朋友的启发 ╲201

柏林市政厅10年未增1人 ╲205

政府难以玩转互联网思维 ╲208

卷 三

读书 读书 读书 ╲213

书 瘾 ╲217

读书是高门槛兴趣 ╲219

天下第一读书笔记 ╲222

从范仲淹《岳阳楼记》说起 ╲225

请读《悉达多》 ╲228

真经还得真人讲
　　——推荐徐文兵《黄帝内经说什么》 ╲231

实与虚，谁更有价值
　　——从牛仔文化说起 ╲234

我的天，三毛72岁了 ╲238

小气的爱书人 \\241

有料　有趣　有味

　　——我的美文观 \\244

口才不好？怨孔子呀 \\248

即席演讲的一点体会 \\251

您是哪类演讲风格 \\254

想象过没有语言的世界吗 \\257

互联网是人类大脑的映像 \\261

您信共产主义吗 \\264

手机还是工具吗 \\270

人还需要神吗 \\273

大脑啊！你进化得太慢了 \\275

动物在看人类的笑话 \\278

您在"身体银行"存了多少钱 \\281

蒋介石也说"愚公移山" \\284

犹太人是突然牛起来的 \\287

感　　冒 \\291

汽车的眼睛是什么 \\293

卷 一

认识你自己

管理者的日常工作状态,如果用一句话来形容,就是不断应对各种麻烦的过程。日子久了,管理者就会固化一种观念——麻烦来自外界,从而忽略了最重要的因素——心的修炼,而心的修炼要从认识自我开始。

"认识你自己",据说这是镌刻在古希腊宗教中心戴尔菲·阿波罗神庙墙上的一句箴言,早已传遍世界。斯坦福大学商学院顾问委员会的 75 名成员,在推荐领导者需要培养的最重要的能力时,首推的便是自我认知能力。

自我认知难在何处?难在每个人的心目中,都有一个经年累月树立起来的自我形象,且顽固地认为这个形象就是真实的自我,不情愿或不大情愿从他人的视角看自己。我的感受是,当人生经历了许多事情才会意识到,要想认清自我,只有借助他人才有可能。就像人无法看清自己的脸,只有借助镜子一样。由此，也才真正理解了唐太宗李世民在魏征亡后说的那番话："人以铜为镜，可以正衣冠；以古为镜，可以见兴替；以人为镜，可以知得失；魏征没，朕亡一镜矣！"

在人力资源部门工作期间，我曾对多个部门的处长们进行了360度测评，发现部分处长的自我评价，远高于领导、同级及下属对其评价。原以为这是虚荣心使然，反馈谈话时发现，他们确实是如已所评那样地高估自我。如此高估自我，当人们指出他们的问题，并期望他们改变时，结果也就可想而知。

管理不是谁都能做的事情，这是一个浅显的道理。但一些人一旦走上管理岗位，似乎忘记了这个道理。在人力资源管理岗位工作多年，我常看到直接或转弯抹角向组织表达晋升愿望者多，很少有以不适合管理工作为由请下者。有位女处长，曾哭哭啼啼向我诉说管理中的难处，要求调换管理岗位。我就问她想没想过辞去处长职务，女处长非常惊讶，很直率地回答说从没想过。

管理者，尤其是有光荣历史的一把手们，常犯的一个错误就是忘乎所以。原因在于，曾经的胜利或经历使他们拥有满满的自信，难以听进不同意见。而围绕在他们身边的人，虽说还是镜子，但多已修炼成了能隐去领导缺点的美容镜，领导者在镜中的形象，无一不是高大上的光辉形象。这就是高处不胜寒的道理，因为人在高处，想找一面能够客观映照的镜子，已经不是件容易的事情，更别说许多管理者内心深处也不希望有这样的镜子。袁世凯不就是过分相信自己，认为属下及百姓都会支持他当皇帝吗？他可从没想到，从登基开始就没过一天好日子，做"皇帝"不过83天就完了。

认识你自己，是我们终生需要面对的问题。

问：360度测评结果可信吗？

答：比较可信。所谓360度测评是从四个维度来评价管理人员，分别是管理者的上级、同级、下级，还有一个维度是自我评价。四个维度分别统计，不计总分，这样自我打分虚高就没有了必要。从我们测试的结果看，确实有说服力。当然，要保证结果准确，关键在于测评表的编制。比如，由同级打分的测评表，主要考查被测评对象协调能力、主动支持其他管理者工作的情况，同级难以觉察的其他方面情况则不应涉及。

从体认组织文化开始

任何组织，假以时日，都会形成一种独特的工作模式及人际关系氛围，也即人们常说的组织文化。

在中国，主要组织大体可分为企业、事业及政府三类。三类组织各有其文化特点。企业，因时时要为生存而打拼，竞争性强，人际关系较为刚性，但因人员流动性大，一些矛盾反倒容易消解。事业单位，如学校、科研机构、医院等，人员学历高，流动性较小，人际关系相对和气，但气氛微妙，常有暗潮涌动之感。政府部门，人员流动少，上下级界限分明，指令性强，人际关系相对刻板。除此以外，每个组织还有其独有的文化特色，这些都是管理者应当首先了解的。

千万莫要小视组织文化的威力。某中央国家机关，因事业发展迅速，数年内曾持续较大规模扩充人员。人事部门主管说，那些在穿着打扮、言谈举止方面比较另类的，基本不受面试官的青睐，可以说，在进门关就被组织文化的筛子过滤掉了。

有些空降的管理人员，工作若干年仍有局外人之感。症结应从自身找，不是对组织文化认识不到位，就是主动适应、融入不够。当然，也不乏主动挑战旧的组织文化获得成功的。其成功原因，往往取决于两个条件，一是组织处于转型期，上下形成了不改不行的高度共识；二是被充分授权，具有杀伐决断的权威。

东汉的征西英雄班超，因年老被朝廷从西域召回，由任尚接替。任尚上任前向班超请教带兵方略。班超说，我所带士兵，多是因犯罪而被发配到边塞的，具有反复无常、难以教养的特点，你应宽容部下小过，把握住大事就可以了。任尚回府后对亲信说，我原以为班超会有奇策，没想到平淡无奇。任尚上任后，严于治军，士兵不服而叛乱，使得班超在西域多年的努力付诸东流。任尚就是犯了对组织文化不了解的错误。

问：战争年代，我党对于土匪武装、国民党部队，经常是派出一个干部，就能将他们改造过来。这难道不能说明有时个人的力量也能够改变一个组织的文化吗？

答：这个问题问得有水平。凡事总有例外，比如一般情况下是胳膊扭不过大腿，但有些情况下胳膊是可以扭过大腿的，如大人对小孩、青壮年对老年人、体强者对体弱者等。就以改造土匪武装、国民党部队而言，改造成功的固然很多，但改造失败，派去的同志被杀害的也有。我认为，改造成功主要取决于两个因素，一是被改造对象要有向善的诚意，用管理的术语讲，就是这个组织有转型的意愿；再一个因素就是大形势要有利于我，那些被改造对象肯定掂量过不接受改造的后果。国民党部队投降我军的，解放战争时期远多于土地革命时期，解放战争后期又远多于解放战争前期，这就是形势比人强的道理。至于派出做工作的人员水平高低，对改造肯定有影响，但要说是能起决定性作用我不大认同。

管理工作的三重价值

经常有管理者倾诉，工作这么辛苦，还常常得不到上级和下级的理解，所做的一切，到底价值何在？

中国但凡受过教育的人，都知道"三观"，即世界观、人生观、价值观。但若再问每个人对"三观"的理解，则大多人云亦云，看来少有人仔细思量过"三观"。

"三观"中，日常与个人言行关联度最为密切的是"价值观"。每个人的言谈举止，除了本能，就是受价值观的支配。管理者中，一些人是受名利之诱步入管理之途的，对管理价值思量不多，所以才会出现怀疑管理工作价值的情况。这个问题不解决，管理就当真成了一份出力不讨好的苦役。

我个人以为，管理工作有三重价值，值得人们认真对待。

第一重价值，是通过管理工作向社会提供或者高效提供个体能力所不及的产品或服务。乔布斯通过苹果公司，向人们呈现了当时近乎完美的手机产品，改写了手机的发展史。单凭乔布斯个人是无法做到这一点的，这是乔布斯及苹果公司对人类社会的贡献，他也因此被人们怀念。

第二重价值，是管理工作能够提升管理者的综合素养。管理者不做管理，对自我的认知有限；不做管理，不知道自身有多大能量；不做管理，不知道人类世界的丰富多彩。做管理的过程，既是个付出的过程，又是一个丰富自我、完善自我的过程。有管理者对我说，刚做管理时，害怕与人打交道，状态很不好，后经一位智者点拨，说你既然喜欢读书，何不把你接触的人视为一本本书呢，每个人都有你不了解的故事和内心世界，读人就是读书呀。之后照此调整心态，状态好了许多。

第三重价值，是通过管理工作帮助管理对象提升职业素养，进而对其人生产生积极影响。很遗憾，一些管理者对这重价值认识不到位，他们将下属视为达到组织目的的工具，而非视为命运共同体。我之体会，下属在管理者心中有多重的分量，管理者在下属心中才会有同样的分量。管理者要想使下属成为追随者，不动真心是不行的。在职场上，经常可以看到，有的管理者是人走茶凉，甚至人未走茶已凉，有的走后却依然被人们所乐道，个中原因不难理解。

明此三重价值，管理者会少些迷茫。

问：第三重价值需要下属呼应，下属不呼应怎么办？

答：很简单。问题根源仍然在于管理者。要么是其不胜任这个岗位，要么就是工作还没做到位。

管理者的五个角色

管理者集五个角色于一身：对上是下级，对下是管理者，正副职之间是伙伴，同级是同事，对外还是组织的代表。我尝试着分别用一个关键词来描述这五种角色的典型行为特征。

对上级：服从

人们一般认为服从最易做到，不就是领导怎么说，我就怎么做嘛。其实不然，管理者可能会因所处境况及认知，与上级产生分歧，既要对工作负责，还要使上级满意，不是一件容易做到的事情。一些个性鲜明的管理者过这一关的难度相对较大。

《亮剑》是部刻画人物比较成功的军事题材电视剧。李云龙的形象为人们津津乐道。李云龙的一个显著特点,就是敢于因战场形势变化抗命行事。既然抗命,就要承担责任,李云龙为此多次受到处罚。瞬息万变的战场需要当机立断,和平年代,组织生存基本不取决于一时一事,一般应事前多沟通,上级决定了就应服从。

对上级服从,也是给下级树立一个榜样。惠普中国区前总裁孙震耀在惠普工作23年,经历了18位不同风格的上司。他说:"首先要做一个好的追随者,才能做一个好的领导者。有一天你做领导的时候,你部门的人也会这样对你。"

对下级:尊重

管理者心目中,要把下级当人,不能视为工具。中国社会长期受官本位思想的影响,尊卑有序,上下有别,对人的尊重不如经过文艺复兴洗礼的西方社会。

一次,单位为一位来自西部地区的挂职干部送行。他十分感慨,说现在知道青年人为什么往"北上广"跑了,除了工作机会多,还有一个重要的原因就是这些地方的人们思想开化,领导尊重下级。他说,出来工作一年,才知道被领导尊重的感觉有多好。

下级在管理者心中有什么样的地位，管理者在下级心中才会有相应的地位。管理者对下级的尊重，如果只是体现在嘴上，而不是心上，是糊弄不了下级的。

对伙伴：容让

容是包容，留足伙伴施展才华的空间；让是礼让，不揽功诿过。

正副关系是当今中国特色。中国历史上不是这样，没听说过有副皇上、副县太爷的。我的观点，无论什么组织，不配副职最好。要配，可以助理方式出现，由一把手安排工作。但现实情况是机关事业单位副职众多。我给正副职基本职责下了个定义：正职对组织工作负全部责任，副职在正职领导下开展工作。简言之，就是成绩归于正职，问题同样要由正职负责。即使是副职工作中出现的问题，也应由正职负责。副职要明白与正职之间是上下级关系，须尊重和服从正职。正副职关系微妙有如夫妻，处得好相得益彰，工作上是伙伴，生活中是朋友；处得差则如路人，甚或仇敌。

正副职之间，要说责任，肯定是正职的责任大；要说哪个难当，我之看法是副职难当。能做到管理岗位的人多是有抱负、有能力之辈。副职身为领导，需以正职的意志为指南，不能尽情施展自己的管理方略，是普天下副职的共同宿命。所以，正职应体谅副职的难处，留足副职施展才华的空间。

老大老二相处不易，似乎是个普遍现象。个人之间如此，国与国之间又何尝不是如此？美苏争霸，美国在政治、经济、军事、文化上全面围堵苏联，直至把苏联拖垮。其后，日本还只是在经济上露一小头，刚说几声"可以对美国说不"，老美就使出了逼迫日元升值一招，致使日本经济停滞多年。中国当下虽然发展迅猛，但毕竟还是一个发展中国家，多数百姓才刚过上几天好日子，老美就又将矛头对准了中国，处处施压、围堵，意图摁下中国的发展势头。老二难当啊！

对同级：关照

关是关注，知道同僚在忙什么；照是照顾，对方需要时及时给予帮助。真心帮助同僚，在你需要时也会得到他们的帮助。切不要因为自己受过委屈，就借机给对方小鞋穿。古人云，积善之家必有余庆。对家族是如此，对组织中的管理者又何尝不是如此。

对于在机关事业单位工作的管理者来说，关照的作用就更大。这些单位提拔干部，都会征求候选人所在部门同级管理者的意见。若有几票反对，提拔就有可能搁浅甚至泡汤。

对社会：代表

网络时代，组织内的任何人，对外界而言，都有可能在有意无意间成为组织的代表，只有领导才可以代表组织的时代已经过去了，现在是人人可以代表组织的时代。

一个交易员的一次交易，可能毁掉一家金融公司；一条信息没有及时传递，可能导致火车碰撞，体制受伤；一个小人物的不当言词，可能使组织麻烦缠身……互联网时代，每个人既是信息的发布者，又是信息的传播者和受众。组织与社会之间那堵有形无形的墙已然消解，组织暴露在公众的视野之中，随时都有可能引发公众围观。所以，组织如何与公众打交道，如何在互联网时代生存，已不仅是领导需要考虑的问题，而是所有人员都会遇到的问题。

✥

问：**五个角色哪个难度大？**

答：哪个角色都不好当，都可以举出众多失败者的案例。

问：哪个角色最重要？

答：对下属的领导！这是管理者的根据地，既是证明自身价值的平台，也是发展的基础。

管住情绪

情绪是因刺激所产生的心理和生理反应。要做到反应有度,不失分寸,不是一件容易的事情,需历练。

林则徐的座右铭是"制怒",就是提醒自己不能随性滥发脾气。曾国藩带兵之时的座右铭是"耐烦",是对过去长期当翰林、做学官,不耐烦琐事务的提醒。两人最后都修成了正果,这与他们能够管住情绪有很大关联。

管住情绪,使打交道的对方舒服,事情就成功了一半。北京腾驹达猎头公司董事长景素奇的博客,闪烁着真知灼见。其中,《让别人舒服的程度决定你成功的程度》我向众多管理者推荐过。作者在接触企业高管中发现,越是年薪高的,交往中使人舒服的程度越高。文中最后一段话是这样说的:"战争年代就是千方百计把敌人消灭掉,想法让敌人不舒服。现在要构建和谐社会,就是想法让别人舒服。在和平建设年代，你让别人舒服的程度，决定着你成功的程度。你让别人不舒服，直接影响着你的成功。"想让别人舒服，就要控制自己的情绪，自己受点委屈。委屈到不觉得委屈时，就修养到家了。

老子说，自强者胜。所谓自胜，很大程度上就是能够管住自己的情绪。这个道理很多人知道，也常把"自强者胜"这四个字挂在嘴边，但做到者不多。原因何在？一是没恒心，再是不得法。

修心贵恒。曾参的"吾日三省吾身"就是最佳写照。现代都市人的生活节奏要比古人快得多，一日三省难以做到，但晚睡前检讨一下当天的情绪反应还是必要的。修身养性需要水滴石穿的功夫，企盼几天就有成效是不现实的。

方法也很重要。我向大家推荐一种方法，这种方法来自禅修。在日常生活和工作中，建议大家逐渐养成觉照情绪的习惯，就是在情绪有较大起伏时，能够清醒地觉知。虽说简单，一旦成习，妙用无穷。

一天早晨，我开车上班途中，被一玩命超车的司机猛闪了一下，立马火冒三丈，踩油门就追。正在这时，觉照心起，看着心中的那股无名之火。正念起，邪念落，无名之火由大到小，由小到无，几分钟后消失得无影无踪。觉照心起来的时候，踩油门的脚已经悄然抬起，车速也就自然慢了下来。若按以前的处理方式，要么追上去，激化矛盾，要么压在心底，别扭难受，都不是好的应对之道。

⊱⊰

问：上级让下级舒服，还怎么行使管理职责？

答：让下级舒服，不是天天说好话，天天给他按摩，天天给他吸大麻，而是强调讲究工作方式。管理除了科学的一面，不还有艺术的一面吗？为什么不能使他人心甘情愿地接受批评甚至处理呢？这方面的例子不胜枚举。山东某沿海县，县公务船在海上失事，死者家属拥到政府办公楼哭丧。主管此事的副县长到场后，一句话没说，坐下就大放悲声。开始，家属没人去劝，他就一直哭。后来，先是死者的远房亲属过意不去，劝他，他仍哭个不停，直到死者的直系亲属出面相劝，副县长才停止哭泣。副县长的举动打动了死者的亲属们，亲属们不好意思再提不合理的要求，事情得以顺利解决。

管住欲望

"欲望"是个中性词,合理的欲望,既是个人成长的动力,也是社会进步的源泉。欲望的核心是对名与利的追求。名与利我以为是从人之本能(如食、色)发展而来,过则成为名缰利锁。现实生活中,有谁不知人为财死、鸟为食亡的道理?可还是有太多的人为此前仆后继。

某县委书记因经济问题被人告发,纪委查来查去只发现他收了一个房地产商的贿赂,颇不合常理,细查方知确实如此。原因是该书记笔杆子出身,对文章之道很有心得。上任之后,持身严谨,很多商人想打其主意,却无机可乘。那个地产商打听到书记有舞文弄墨的雅好,遂收集了书记的文章认真研读,精彩段落能够背诵。一次饭局"偶遇",地产商夸书记文章写得好,说得有理有据,绝非不着边际的溜拍。书记被人挠到了痒处,遂引为知音。之后的权钱交易也就把握不住了,真乃"名"心害人呀。至于栽在金钱、权力之下者就更是如过江之鲫了。

欲望既靠自律,也要靠大棒,管理工作也是如此。胡萝卜加大棒是管理者手中的两件法宝,都是嫌少不嫌多。但不少管理者对下级喜欢挥舞胡萝卜,而很少或不敢使用大棒。奖和罚是一体两面,奖励用于鼓舞士气,满足人的名利欲望,像车辆发动机,给车辆提供前行的动力;惩罚则用于立规,防止欲望的泛滥,像刹车,以保障行车安全。我相信,刹车失灵的车辆没人敢开着上路,但不敢挥舞大棒的管理者却并不少见。

清朝名臣李鸿章就是个擅用胡萝卜而不擅用大棒的人物。《清史稿》对其评价是"惟才气自喜,好以利禄驱人,志节之士多不乐为用,缓急莫恃,卒致败误,疑谤四起,抑岂无因哉?"不少机关事业单位的管理者,因绩效压力不大,对于表现优秀的员工,像李鸿章一样,倒是不吝奖励,但对于捣乱者,却不敢挥舞大棒。可笑的是,他们嘴里还常嚷嚷着手中无资源,没手段。

梁漱溟先生把文化分为处理人与他人关系的文化(人文知识),人与自然的文化(自然科学),人与自我的文化(宗教)。他认为与西方相比,中国第二种文化不发达,第三种文化更不发达。比较各家宗教,虽然主旨不同,但有一个共同的特点,就是教导人们约束欲望,限制享乐,如此,才有可能达到自觉以及觉他的境界。

问：如何才能做到节制欲望？

答：从个人角度而言，要有所为，必须有所不为。要做到有所不为，重在远离诱惑，千万莫高估个人的意志力。诱惑像毒品，远离是比较保险的免疫策略。再有就是要在修身养性上下切实的功夫，能够抗住诱惑。但要看到，由于信仰缺失，修养之风不存，今人想在修身养性方面有所心得，更加困难。从组织而言，筑牢制度大坝，且严于执纪，是扼制个人欲望泛滥的基本保证。

问：中央国家机关小处长手中没有什么大棒呀？

答：首先需要说明的是，在中央国家机关中，处长虽说是最低层级的管理者，但其工作影响度在中国的县处级干部中是最大的。所以，不能称其为小处长。其次，是许多处长不擅用大棒，而以为手中没有大棒。举个例子，《公务员法》规定，对普通员工的考核是由主管领导即处长提出考核建议，据其表现,给出优秀、称职、基本称职和不称职的结论。一年不称职,就可降低一个职务等次,连续两年不称职就可辞退。这个棒子还不够厉害吗?可有几个处长敢使?

不作怪便是好领导

A君在朋友中以能折腾、善折腾知名，先后在高校、机关、外企、私企打拼，职场经历可谓丰富。一日，几位好友聚会，喝茶聊天，有人不经意间问A君，何谓好领导？一向反应敏捷的A君沉思了片刻，然后答曰：不作怪，便是好领导。闻者讶然，质疑标准是否有些低，要求其解释。

A君说，但凡领导，特别是那些能够进入中高层的领导，均有过人之处，有的只是不为他人所知罢了。随着职务升迁，权力越来越大，约束越来越小，一些修养不到家者，固有的行事风格便张扬起来。好的行事风格大家都喜欢，麻烦的是个别领导一些不好的行事风格也随之张扬开来，下级可就遭罪了。比如，有的阴阳怪气，下级得费神猜其所想；有的把下级当牛做马，丝毫不体谅下属之苦；有的一会儿一个主意，朝令夕改都无法形容其变化之快，令下级无所适从；有的出尔反尔，出了问题完全将责任推给下级；有的对领导是春风扑面，对下级却是冷若冰霜等。

A君接着说，职场是个人在社会上的立足之地，也是一家老小的保障所在，多数人都会用心做事。但职场不同于亲情场、友情场，平等相待是基本规则，至于发展出情谊则属意外收获，不应奢求。个别领导家长做派，却又没有家长天然生就的爱心，一旦行为乖张，下级之难受可想而知。所以，有机会在好的领导手下做事，那是下级的福分，要好好珍惜。如果领导作风乖张，除了小心应对，也真没什么好办法。

A君的一番话，竟然引发了大家的掌声。看来，可能是在座者心有同感，而被A君道了出来。

※

问：为什么职场上能经常看到作怪的领导出没？

答：作怪者，总是个别。但因乖张行为有放大效应，正如好事不出门，坏事传千里一样，使人们觉得好像作怪者不少。一个单位，这样的领导一个足矣；多了，这个单位的风气可就真成问题了。

"雷霆雨露，俱是皇恩"正议

随着改编自二月河长篇历史小说《康熙大帝》的播出，"雷霆雨露，俱是皇恩"这句话流传开来。"百度知道"的解释是："雷霆象征着责罚，雨露代表着奖赏。就是说皇帝对你的责罚和奖赏都是对你的恩赐。"此解释符合人们对皇权专制的认识，认为这无非是帝王们对自个儿滥施恩威的辩解。历史上，可能有昏君依此为自己的言行开脱，但精明的康熙皇帝对这八个字的行为注解却大有深意，值得管理人士研习。

康熙晚年，出了个"昏"招，把多个忠心能干的大臣，寻个罪名，关到了监狱里。人们议论纷纷，认为老皇上糊涂了，被关押的大臣们更是觉得冤屈。雍正即位后，释放了被关押的大臣，并重新起用，这些人心怀感恩继续为新皇效命。直到这时，有人才回过味来，老皇上的"昏"招，实则是高招，既避免了这些大臣成为皇子们争夺皇位的牺牲品，又为新皇储备了人才。看来，雷霆亦是皇恩，当真没错。

其实，上述招式并非康熙首创。唐太宗晚年，希望手下名臣徐懋功能继续扶佐太子。李世民对太子说，徐是人才，你应该重用他，但你对他无恩，我先贬他，待你登位后，立即起用他，升他的官，他必为你效死力。后来事情的发展果如唐太宗所言。

某单位从下属机构引进一人才，欲任处长。惜乎人无完人，其人有些恃才傲物，报到不久，周围不满之声渐起。该单位没有马上任命，而是熬了其一年有余，待其心气平和了一些，大家对其才能也有了认识，才予任命。因为冷却了一段时间，不仅任命阻力小了许多，也方便了该处长正式上任后在较短时间内打开工作局面。

雨露滋润、阳光普照，可谓组织恩典。出于事业需要，雷霆之怒、霹雳手段，谁又能说不是组织的关怀呢？

问：有人打着"雷霆雨露，俱是皇恩"的旗号，实际上是变着法整下属，那该怎么办？

答：姑且不论其何种动机，如果真有这样的混蛋管理者，下属要么向领导的领导申诉，要么忍着，要么离开。除此之外，我也想不出更好的办法了。

"左""右"之争

　　微信朋友圈也是映照世界的一面镜子，通过所发内容，能大体看出一个人的好恶以及"三观"。每有社会热点话题，常常是"左"方唱罢"右"登场，观点尖锐对立，形同水火。有脾气火暴的，甚至将不赞成其观点者直接踢出朋友圈。

　　在中国，"左""右"之争始终没有消停过。时至今日，极"左"思潮，即重回毛泽东时代的声音虽偶尔泛起，然已式微，当下官媒方似已成为"左"的代表。右方代表除少数愤青外，多是一些拥有较高话语权的从事人文研究的知识分子。官方控制着传统媒体，以网络为代表的新兴媒体则呈右倾化。为什么会这样？我以为有以下几个原因。

　　一是中国进入了社会叠加发展期，声音多元化是必然现象。从上层建筑讲，中国当下社会既有封建主义因素，比如基层政府中的裙带关系；也有资本主义因素，这在经济生活中已是屡见不鲜；社会主义因素就更多了，比如扶贫、富裕地区包干重建地震灾区、中央财政补贴中西部等。从经济基础说，发展不均是主要问题，北上广深可与发达国家相媲美，而中西部地区还有大量尚未脱贫的农牧民。即使在北上广深，贫富之间的差距也是相当惊人。这样的社会现实，导致诉求不一，声音多元化。政府要顾及各地区、各阶层的利益，政策自然以妥协各方为主。知识分子多集中在大都市，他们自身基本为中产阶级，自然也就成为城市中产阶级的代言人。而发达国家的历史发展表明，中产阶级的基本诉求已不再是经济诉求，而以政治诉求为主。

二是知识分子的基本职责所致。我很欣赏中国人民大学教授陈传席先生对知识分子的定义。他认为知识分子须符合以下四个条件：以创造与传播文化为主要职责，关心国家与人类命运，具有独立人格，具有批判精神。从上述定义及各国情况来看，知识分子的一个基本职责就是从专业角度对社会进行评判，就像农民种田、工人做工一样，不让知识分子说话就等于要了他们的命。在欧美，知识分子以左翼居多，但无论左翼还是右翼，言论以批评居多。我国也无法例外，中国高校讲坛，经常能听到教授们批评时政的声音。一个学法学的留学生告诉我，他在中国高校听到的对中国政府的指责要远多于国外课堂上洋教授们的批评。

三是知识分子心理阴影未除。新中国成立以后，知识分子在反右派和"文革"中,屡被折腾,元气大伤。改革开放之后,处境虽然改善了不少,但距知识分子们的期望仍有差距,结果就是政府和知识分子之间缺乏互信。比如,本来是对一件具体事情的讨论,很快就可能上升为对体制、社会制度的争论。一旦到了这个程度,谁想说服对方都难。

政府与自由知识分子之间的矛盾将长期存在。由于中国还处于全面复兴的过程中,社会处于多元共存的发展阶段,在中国全面实现社会现代化之前,"左""右"冲突难以避免。

如何看待"左""右"之争,我的观点有五。

第一,要允许知识分子说话。中国的知识分子有为外国代言的,有为利益集团代言的,但多数知识分子是有良心的,他们是中华民族的精英,他们的声音里饱含着对民族的忧思。他们不发声,才是中华民族最大的悲哀。

第二,社会制度是在争论、比较中发展和完善起来的。关起门来说自己好,那叫自个儿逗自个儿玩。中国特色社会主义道路还在走的过程中,有争论是正常的。争论有利于制度的完善,有利于避免方向性错误。

第三,知识分子要继续走与工农结合的道路。我个人的体会是每回一趟农村老家,就感到中国国情的特殊与艰难,理想化的情绪就会淡化一些。中国现今还有近一半人生活在农村，面对这样的国情，任何浪漫的发展与改革思想都显得那么不合时宜。中国的知识分子应当有为大多数人谋利益的担当。知识分子要做到这一点，就要深入基层，深入了解国情，走与工农结合的道路。毛泽东所言"人民，只有人民，才是创造世界历史的动力！""人民就是上帝！"仍然值得知识分子深思。

第四，中国只能走有中国特色的社会主义道路。中国几千年来大一统下的治国实践、中国当下复杂的多格局的社会形态，都决定了中国只能根据自己的国情，走出一条符合自己国情的道路。这既是中国的宿命，也是中国的使命！

第五，政府要接受论争、学会论争。政府处于强势地位，尤其是中国政府又扮演着其他国家政府少有的全能角色，习惯了用行政命令的方式处理各种社会事务。可用这种方式处理不同观点的论争，往往效果不佳、难以服人。接受论争、学会论争，这是中国政府在市场经济环境中、现代社会治理条件下需要补习的一课。

问：您的朋友怎么看待您的这些观点？

答：有思想右倾的朋友,不赞成我的观点,认为中国为什么不走人类已经形成共识的阳光大道,非要去走独木桥,有的已将我拉黑,而"左"倾的朋友又认为我是在抹稀泥。

90后是新人类

我的孩子是个90后,我在观察他和他同学的过程中,有种十分强烈的感觉——这是群不一样的人。

他们之所以与80后、70后等明显不同,主要缘于两个因素。一是他们从出生起,中国进入了全球化时代,中国与世界从来没有如此紧密地联系在一起,从这个意义上说,90后可称之为"世界人";二是他们从出生起,中国进入了互联网时代,信息交流之方便是前人难以想象的,从这个意义上说,他们又是"网络人"。"世界人"和"网络人"这两个特征,使得90后与众不同。

迄今为止,工业文明掀起过三次大的浪潮。第一次是机械浪潮,用机械代替人力劳作;第二次是电力浪潮,赋予各类机械以能量;第三次是当下的信息浪潮,把人与人、人与物紧密地联系在一起。在中国,机械浪潮与电力浪潮的影响是个长期渐进的过程，没有明显的突变节点。从那些年代走来的人，他们的身上既有机械浪潮与电力浪潮的影响痕迹，同时还有农业文明的影响痕迹，就是说他们不是一代全新的人。90后则不同，他们有幸出生和生活在地球村和信息浪潮时代，而信息浪潮不同于之前的机械、电力浪潮，信息浪潮在很短时间内就改变了社会面貌，深刻影响了人们的生活方式。80后及其之前的人们，则是拖着旧时代的影子，进入信息浪潮时代。

美国人泰勒是工业社会科学管理的鼻祖，他把生产线上工人的动作分解并将时间计算出来，据此给工人确定生产指标。很多人骂他，说他是在帮资本家压榨工人，是资本家的走狗。泰勒写文章回应说，泰勒制不是你们想的那样，它既不是什么计时工作法，也不是薪酬制度，不是你们认为的任何一种东西，它是心理革命，是让所有进入工业社会的人，按照工业社会的全新标准来确定自己的心理状态和工作状态。一句话，泰勒制旨在塑造一种全新的人——工业人。

改造成新人和与生俱来的新人有质的不同。中国国家乒乓球队王浩的成名绝技是直拍横打。受他的影响，几乎所有的直拍运动员都练习了这项技术，但没一个超过王浩。原因就是王浩是从小就这么打，而其他人则是半途而练，由此决定了这项技术与他们各自生命的贴合度。

因此，我看好90后。中国社会全面走向现代化是近代以来无数仁人志士的追求，有可能在90后成为社会主角的时候成为现实。

加油，90后！

⊛⊛

问：我是80后，感觉与90后没多大区别呀？

答：个体差别可能不大，但整体差别还是比较明显的。比如，50后、60后，政治意识比较强；70后、80后经济意识比较强；90后则个性张扬等。

把好新人入门关

对于管理者而言，在组织目标、管理对象及内外环境三要素中，管理对象最牵涉管理者的精力。而管理对象方面的问题多在入职前就存在。如果能够把好新人门关，后面的管理工作会轻省许多。但一些管理者要么是意识不到录用环节的重要性，要么是基于能力、精力的限制，效果不佳。

新人入职时，年龄多在 25 岁左右，性格基本定型。管理者切勿高估自己的管理能力，不要奢望能将他们改造成自己希望的模样。管理者能做的是就其本性加一点或减一点，希望产生乘除效应是不现实的。

从业以来，因长期在人力资源部门工作，我接触过许多新人，并对不少人入职后成长情况进行了追踪，发现入职后发展不错的员工多具备下述几个特征。

一是人生态度积极。人生态度积极还是消极与年龄无关。看看百岁老人周有光的著作就知道他的思想有多么新锐，而与一些青年聊天，则经常听到连串的抱怨。人生态度消极的人，在组织里面，常常起到涣散剂的作用，少用为佳。我认识一位年轻人，曾经换过几家单位，听其谈论过往单位状况，感觉很快就会倒闭似的，可数年过去，那几个单位依然活得好好的。他也曾在我工作的单位待过一段时间，每每谈起，不是抱怨工作辛苦，就是感叹人际关系复杂。有一次我实在听不下去，说道："我在单位工作的时间比你长，接触的人与事也比你复杂，对问题、矛盾的了解是你所不及的，你什么时候听到过我对单位的抱怨？不是我隐忍不说，而是我真无抱怨的想法。"

二是工作主动。这方面，人和人的差别，可能超过人与猴的差别。主动性强的，会主动向管理者要求任务，而不是坐等指派。这些新人会因主动承担工作任务，替管理者分忧解难，从而脱颖而出。有一青年，一般院校本科毕业，在名校如林、多数为硕士以上学历的集体中，劣势尽显，但其人突出的特点就是工作主动性强，且任劳任怨，部门领导遂将不少应由处长们承担的工作交给他做，结果是连续七年被评为优秀公务员，并破格提任。

三是独立性强。新人多为独生子女，即使非独生子女，家庭条件之优也非前人可比。可这些人中，有些是当"小皇帝"宠大的，结果是走上工作岗位后，独立性及抗压性差。如今，不仅上大学有家长陪读的，我还接触过多位"陪工"的，实在是可怜天下父母心。这类员工的典型特征是情绪起伏大，屁大点儿的事，就有可能歇斯底里。工作场所不是幼儿园，实无精力供养这些"宠儿"。有一青年，因工作不能胜任及欺骗组织等问题，相关领导曾与其谈话六次之多，所有谈话场合，其母都要在场，交谈中母亲甚至不许儿子插话。该青年离开单位后，到一公司发展，没几天又被辞退，又是当妈的找人家理论，唉……

四是功利心适度。功利心是人类进步的重要驱动力，但过犹不及。一个人在组织中的发展状况，长远来看与奉献基本相当。可是每个组织中都会有那么一些人，总想伸手去要那些不该得到的东西。如果没如愿，就抱怨管理者有眼无珠。有的人做了一点工作，就想得到好处，得不到就闹情绪，搞得管理者都不敢交给他新的任务。奇怪的是，这样的人在人群中总是占有一定比例，用人者不可不察。

問：有无切实管用的录用新人办法？

问：目前流行的录用新人测试模式，如结构化面试、无领导小组讨论、文件框、笔试等等，因测试时间短，考官水平参差不齐，只能将有明显缺陷者排除，对大多数新人鉴别作用有限。因此，我的建议是，用人单位应切实利用好试用期，认真考察新人在试用期间的表现，如发现有不适合人员，应坚决清退。过了试用期，发现还是看走眼了，那问题不在新人而在管理者，不是管理者无能，就是其不愿对组织负责。

青年成熟的标准

青年员工成熟与否，是管理者经常谈论的一个话题。那么，成熟有无标准呢？

网上流传着一则青年人成熟的9条标准，有人说是马云所言，未经核实，引述如下：①重视诺言；②不夸夸其谈，把握适当的沉默；③有学识而含蓄内敛；④心胸宽广；⑤不以自我为中心；⑥勇于承认错误，从不找借口搪塞推诿；⑦意志坚定，决不轻易言退；⑧衣服不一定要名牌，但整洁大方；⑨有业余爱好，懂得生活的乐趣。

对于上述标准，本人不太认同。理由有二，一是琐碎，概括性不强；二是其中有些要求，如②、③、⑧等，青年人认同度并不高。

从事管理工作以来，就青年人的成熟标准，我在工作中不断地体悟,并广泛征求管理者和青年人的意见,将其概括为三点:辩证思维、独立人格、较高涵养。

第一,辩证思维。辩证思维是说青年人考虑问题已基本跨越非黑即白、非对即错的阶段,能以全面、发展、联系的眼光看问题。青年人初入社会,感受最深的就是工作环境比学校复杂了许多,是非利害冲突多了。要适应这样的环境,适当的妥协是必须的。妥协首先须在思想上妥协,应能意识到生活中非黑即白的对立形态不是常态,多是白中有黑、黑中有白的灰色形态。如思想调整不到位,易出现固执己见、冲动、情绪起伏大等状况。坦率地说,这一关最难过。

第二,独立人格。独立人格是指青年人在经济上、心理上不再依赖家庭,能够自立于社会,承担起社会及家庭责任。经济上自立,除购房等大额开销需要家庭帮忙外,大多数青年经过努力都能做到。问题主要出现在心理自立方面,少数人长期在心理上不能断奶。人们只知道有陪读现象,即父母舍下工作,在高校附近租房,以看管孩子学习,实不知还有"陪工"的。我接触过几个陪子女工作的父母,其中一位在北京住了三年多,不仅帮助儿子洗衣做饭,更主要的任务是管住儿子不使其沉湎于电子游戏。真是可怜天下父母心。除此极端现象外,职场上一个较为普遍的现象是一些青年人承受挫折的能力差,受丁点儿委屈,就像天要塌下来似的,有的甚至搬出父母来应对。人格的独立性,个体之间差异很大,有的人都进入壮年了,还没立起来呢,而有的则自立性非常强。总起来看,这一关还是比较容易过的。

第三,较高涵养。较高涵养主要体现在两个方面,一是对荣辱、进退、得失的应对不偏激,情绪表达有度;二是不唯我,顾及他人立场及意见,能够比较平和地与同事相处。学生期间的评价标准主要是学习成绩,相对客观,而职场的评价标准则有两个重要维度,即任务完成情况和同事的口碑,且任务完成情况既有客观的成分也包含人们主观的评价因素。所以,如何与同事相处,是青年人走上职场后必须学习的一课,青年人的职场困惑也多集中于此。有无解决困惑的奥妙?有,一句话:委屈自己,成全别人。什么时候委屈成为习惯,没有委屈的感觉了,就接近成熟了。这一关与性格关联度高,多数问题不大,但有的则长期处于磕磕绊绊的状态。

问:成熟是不是意味着青春的结束?

答:青春有两个标志,客观的生理标志和主观的心理标志。生理标志是不管你留恋与否,到点即过,人与人相差不多。

心理标志则弹性很大，有的人在青春期，却感受不到应有的朝气，心态有如暮年；有的生理上早已过了青春期，却朝气洋溢，热情扑面。我以为，心理保持青春状态更为可贵。

还有就是人应当是到什么山唱什么歌，到什么年龄做什么样的事。学生时代，以单纯为好，有利于一心一意学习好；工作了，以成熟为好，有利于应对各方，有为担当。到了职场，还以学生时代的心态处事，除了到处碰壁，我想不出会有什么好的结果。

事业与职业

有个笑话，说是一个研究婚姻问题的专家，想知道农民是怎么理解婚姻和爱情的。问一老农，老农说，这简单，你今天和她睡了，明天还想和她睡，这叫爱情；你今天和她睡了，明天还得和她睡，这叫婚姻。专家感叹，研究了一辈子，没有老农的几句话来得实在明白。

话糙理不糙，事隔理不隔。用老农的话解释事业和职业，也挺贴切。何谓事业？就是今天做的这份工作，明天还想做。何谓职业？就是今天做的这份工作，明天还得做。那么，天底下有没有天天想做的工作，又或看见就烦的工作？可能真没有。七仙女羡慕人间生活，凡人却想白日飞天。就是说，是事业还是职业，可能不取决于业，而取决于人。

那么，会不会有人天天处于事业状态，而有人则天天如坐牢监？可能性同样不大。就像婚姻，谈恋爱及婚后一段时光，两人如胶似漆，恨不能天天抱在一起，很像事业状态。而激情过后，面对日复一日的琐碎生活，平平淡淡的日子又类似职业状态。所以说，多数人的状况应当是有时是事业状态，如刚参加工作、被领导赏识、工作获得突破、被提升等，而大多数时候则是职业状态。可以说，职业状态是职场常态。

为什么职业状态是常态？这与市场经济的发展有关。市场经济的发展，使得分工越来越细，每个人只有专注自己擅长的那份工作，才有可能在市场交易中获得最大回报。问题也由此产生，要擅长，就要不断地重复，而重复就一定会产生厌倦感。对工作产生厌倦感的时候，就从事业状态进入了职业状态。

既然职业状态是职场常态，那该如何应对呢？首先要尽职尽责做好工作，因为工作既是我们的生活之基，也是在社会立足之本。再是要平衡好工作与生活，用生活（如爱好等）调节重复工作产生的疲惫感。

曾有这样一位员工，在单位工作了几年，因工作模式与其好表现性格差异较大，同事都不认可其工作状态，可她又舍不得这份工作，为此常常苦恼。一次，单位举办演讲比赛，她找到了展示自己才华的舞台，获得了好名次。单位因势利导，让她负责演讲协会工作。之后，她不仅协会工作做得好，本职工作也有了较大进步。

一朋友，狂热的业余马拉松分子，一年要参加多场比赛，但丝毫不影响工作，职务稳步提升。问他是怎么做到的，他说，把工作看成是两场比赛之间的调整放松，倒也充满乐趣。

⊱⊰

问：从事艺术工作的，是不是状态要好一些？

答：可能。原因是艺术强调创造，忌重复。但又不尽如此，一旦江郎才尽，或被市场逼得不断地重复自己那点东西，同样会感到无趣。

择　　业

常言道，男怕入错行，女怕嫁错郎。把择业与择人放在一起，可见择业的重要性，而难点在于如何选择。

我构思了一个择业模型，名为"三环交集理论"。三个环呈正三角分布，上环代表想做的事，左下环代表能做的事，右下环代表可做的事，三个环的交集处就是择业者思考的立足点。

想做的事——就是梦想从事的职业。梦想因人而异，但又时常受到社会风尚的影响，尤其对90后而言，让他们从事一项根本不喜欢的工作，是一件很困难的事情。

能做的事——就是个人具备的优长。商业社会里，每个人只有从事自己最为擅长的工作，充分发挥自己的比较优势，才有可能获得较高的报酬。能做的事，也许是想做的事，也许不是。

可做的事——就是社会的客观需求。一个跑得飞快的邮差，在电报、电子邮件发明之前，也许是个好邮差，但今天已经没有价值了。一个梦想沙场立功的人，如果生活在和平年代，可能永远没有机会。

人们择业时，要在三个环的交集处考虑。要考虑理想，还要考虑自身条件，也要考虑社会的现实需求。有时可能需要牺牲一些理想，做自己不是很喜欢的事情；有时可能需要牺牲自己的一些优势，做自己并不擅长的事情；还可能为了社会需求，做自己既不喜欢又不擅长的事情。当然，最理想的情况是三点都能够顾及。

有一女孩，母亲曾是职业篮球运动员，身高1.85米以上，其父身高也在1.8米以上，结果是孩子长得又高又壮。受社会风尚影响，孩子小学毕业后，父母将其送到了北京某演艺学校。每次看到孩子艰难地与比她矮一头的孩子一起翻跟头，我就替孩子难受。典型的学非所长呀。孩子咬牙坚持了一年，最后还是知难而退了。

问：我觉得您的这套理论还可用于选择对象。行吗？

答：举一反三，聪明！当然行，只不过需将内容稍加变通。上环可代表想找的人，左下环代表自身条件，右下环代表可找的人。以男孩找对象为例，男孩大多数自身条件有长有短，集高富帅于一身者少，那么，选择女朋友时就不能只盯着白富美，比如可以突出其中一个条件，弱化其他条件。当然，爱情面前，什么奇迹都有可能发生。没有任何理论能挡住一见钟情的冲击。

职场慢性病：来得及

《您在"身体银行"存了多少款》（见本书卷三）是留言较多的一篇文章。朋友们纷纷表示要动起来，要在"身体银行"里多存点钱。

对于朋友们的呼应，我是既高兴又疑惑。高兴的是引起了大家的重视，疑惑的是会真动起来吗？我在职场30多年，发现日常有运动习惯的员工，也就20%左右。单位组织健身活动，参加者总是相对固定的一群人，那些不怎么运动的员工，总是看不到他们的身影。

究其原因，我以为，是这些员工得了职场慢性病——"来得及"病。

所谓"来得及"病，是认为职场生涯漫长，以后有的是时间，直到来不及为止。

人们一旦得了"来得及"病，会慢慢丧失对运动的热情。有的员工，也就40多岁，说起养生倒是一套一套，社会上流行的养生产品或方法，都有兴趣尝试，唯独对运动缺乏兴趣。本末倒置，令人啼笑皆非。

怎么治"来得及"病？我总结了"九字诀"——动起来，坚持住，成习惯。一旦养成习惯，运动就像吃饭睡觉一样不可或缺。就我而言，如果连续几天不运动，浑身不得劲。打场球，出出汗，嚎几嗓子，感觉就像活过来一般。

不止健身，人生还有很多事情会因"来得及"病耽误，如孝敬父母、与孩子一同成长、让心中的兴趣长大等。对此，不可不察。

༄༅༅

问：我也经常动，但没强项，您有什么建议？

答：凡兴趣爱好，都有门槛。突破门槛之前，苦比乐多。只有坚持下去，跨过门槛，才能体会到乐趣。还有，职场与学校不同，职场的基本格调是平淡乏味。所以，我建议您还是应当发展一项能够长期坚持的爱好，这将有益于您的职场生涯，同样也有益于您的身心健康。

心中有数

因老家冬天无暖气设备，2013年入冬时，我把岳父母接到了北京，希望他们过个舒适的冬天。岳父是个书法爱好者，有一定的毛笔书法功底。他提出想给我自谋职业的儿子写张条幅，问我写什么内容好。我想了想说，那就写张"谋先"吧。老人不解，问为什么写这两个字。我说，自谋职业，变数较大，最好是想明白再动，不能完全靠直觉行事。

古往今来，变数最大者莫过于战场。兵者，诡道也，交战各方都在尽可能地隐真示假，增加对方判断的难度。《孙子兵法》就非常重视谋划的作用，如"上兵伐谋"（《孙子兵法·谋攻篇》）、"夫未战而庙算胜者，得算多也；未战而庙算不胜者，得算少也。多算胜，少算不胜，而况于无算乎！"（《孙子兵法·计篇》）。而正确谋划的前提在于知己知彼，做到心中有数。

林彪是个兵家谋略高手，长于算计。战时，林彪每天要听军情汇报，而且要求很细。1948年10月，东北野战军攻克锦州后，又挥师北上，与从沈阳出来增援的廖耀湘兵团20余万人迎头撞上，混战一起，战局瞬息万变。一天深夜，值班参谋正读着一份遭遇战的战报，林彪听着听着，突然叫停。他问周围的人："刚才念的在胡家窝棚那个战斗的缴获你们听到了吗？"周围的人满脸都是睡意和茫然，因为像这样的战斗每天都有几十起，只是枯燥的数字稍有不同。林彪见无人回答，便接连提出3个问题："为什么那儿缴获的短枪与长枪的比例比其他的战斗略高？为什么那儿缴获和击毁的小车与大车的比例比其他的战场略高？为什么那儿俘获和击毙的军官与士兵的比例比一般歼敌略高？"林彪由此断定廖耀湘的指挥所在那边。随后，林彪命令全力追击从胡家窝棚逃走的那股敌人，很快就打掉了敌人的指挥所，俘获了廖耀湘，迎来了辽沈战役的胜利。

2008年7月，马云向客户发表《冬天里的使命》，发布警告："我们对全球经济的基本判断是经济将会出现较大的问题，未来几年经济有可能进入非常的困难时期。我的看法是，整个经济形势不容乐观，接下来的冬天会比大家想象得更长！更寒冷！更复杂！我们准备过冬吧！"马云是根据阿里巴巴网上来自欧美订单数的减少做出的预测，提前半年预测了美国金融危机的到来。

互联网发展到今天，累积了人类方方面面大量的数据。对这些数据进行分析，依此决策，是政府和商家非常关注的问题。可以说，大数据时代已经到来。决策者要想做到心中有数，比之前方便了许多。

☯☯

问：做到了心中有数，是不是就能战无不胜？

答：不能。有数是一回事，能不能从数中窥见机会并择机而动是另一回事。林彪的那些参谋们就并未觉察到枯燥的战报数据中隐藏的战机。还有，做到心中有数，也从中觉察到了战机，但不敢采取行动一样没戏。还以林彪为例。中央军委命令东北野战军夺取战略要地锦州，以形成在东北关门打狗之势，聚歼国民党在东北的军队。中央军委的决定不仅仅是出于解放全国战略的需要，也是有依据的。当时东北野战军70万人，国民党军只有55万人，我军数量上已占优势。这些数据林彪是非常清楚的，但林彪是个打仗十分谨慎的人，他自己说过，只有五六分把握的仗是不打的。后在中央军委的严令下方才开打，险些使东北的国民党军队南下，延误全国解放时间。总之，数据只是决策的依据，并不能自动替代人们的决策。但做决策前，心中有数肯定比大概、可能、也许可靠得多。

可能是天性不和

一小友约我聊天,道出的苦水远比喝进的茶水多。大意是备极努力,仍不被领导认可。因我也识其领导,向我讨要方略。

我细思后向小友坦言,很可能错不在你,也不在你的领导。他很是不解,问为何?我说,错在你们两个不该成为上下级。原因是二人性格差异大,均不认可对方的行事风格。就这位小友而言,再怎么努力,也很难改变自己在领导心目中的印象。

夫妻天性不和,无法一起生活,可以分手解决。而上下级之间不对路,彼此看不顺眼,人们却多责备下级,认为是工作不够努力之故。怨哉。

如何解决,其实小友心里非常清楚,要么忍,要么调离。

事实上，他已经把求职触角伸向了社会。这时候约我，主要是为了倾诉。

⊱⊰

问：90后可是说走就走，少有能忍的。您怎么看？

答：中国的90后已经陆续走向职场，比他们年长的管理者发现，"任性"似乎成了这代人的标志，他们的前辈可以当"忍者"，而他们只想当"任我行"。不合则离有可能逐渐成为中国职场的常态。

"常知"与"真知"

知与行的问题，从古老的《尚书》提出"知之匪艰，行之惟艰"始，之后大儒们有过许多论述。如朱熹的知先行后、知轻行重、知行互发的知行观；王阳明的知行合一观等。但是，现实生活中，人们对知如何转化为行的困惑并未因大儒们的论述而减少。

对于不知的人，首先还是要解决知的问题。知是行的前提，不知如何去行？但此时的知，按宋朝大儒程颐的说法，还仅是"常知"，不是"真知"。常知是指由见闻或学习所获得的认知，真知是指经由自身实践体悟的认知，两者有质的区别。

程颐说："真知与常知异。尝见一田夫，曾被虎伤，有人说虎伤人，众莫不惊，独田夫色动异于众。虎能伤人，虽三尺童子莫不知之，然未尝真知。真知须如田夫乃是，故人知不善而犹为不善,是亦未尝真知,若真知,决不为矣。"(《二程遗书》)。在程先生看来,对"虎能伤人"的认识,只有那些曾经被虎伤过的人的体会才是真切的,这种被虎所伤形成的真知,使这个人在谈及老虎伤人时做出了异于常人的反应。

真知如何产生?一种是心有所思,机缘巧合,真知被激发出来。就像苹果掉落,牛顿悟出了万有引力定律一样。我在军校读书期间,有次组织全班进行某项军事演练,展开后,头绪多,我不停地忙来忙去,区队长在旁说道,刚学过哲学就忘了?不知道什么是主要矛盾、次要矛盾吗?一语点醒梦中人,工作中抓主要矛盾的意识一下子建立了起来,终生受益。此真知的产生,类似佛家说的顿悟。

还有就是因生活和工作需要,边学边用某方面知识,逐渐形成真知。此真知的产生,类似渐悟。

禅宗有一知名公案,出自《大珠禅师语录》:

有源律师来问:"和尚修道,还用功否?"

师曰:"用功。"

曰:"如何用功?"

师曰:"饥来吃饭,困即睡觉。"

曰:"一切人总如是,同师用功否?"

师曰:"不同。"

曰:"何故不同?"

师曰:"他吃饭时,不肯吃饭,万种须索;睡时不肯睡,千般计较,所以不同也。"

以前,对这则公案的理解是,看似简单平常的事情,未必能做到位。一位高人说,这样的理解并没错,但仍是知识层面的认识,没有用心去理解。我说怎么才是用心去理解,他告诉我在吃饭、睡觉中尝试着用心去觉照整个过程,看看能不能做到历历分明、心无旁骛,说这才是大珠禅师所讲的"用功"。实践了一阵,才发现竟然难于上青天。

还是朱熹老人家说得好:"纸上得来终觉浅,绝知此事要躬行。"

问：为什么参加了不少培训，当时听着挺受用，事后却基本遗忘？

答：心理学的研究表明，人脑并非如镜子般映照外物，而是依据个人的好恶，有选择性地吸纳外部信息。人们关心的永远是自己感兴趣的话题，如果老师所讲正是自身关注的问题，自然会引发共鸣，感觉收获颇多，反之，将很快遗忘。一次培训，多项内容，你可能只对其中一个问题感兴趣，自然觉得所获有限。所以，带着问题学，永远是增强培训效果的不二法门。

说"悟"

中国文化历史悠久、博大精深，想要探寻，又似羚羊挂角，无迹可寻，但只要沉浸其中，假以时日，终有豁然的一天。这种学习方式，近似于中国人对"悟"的解读。

"悟"是中国禅宗修炼的不二法门，从初祖迦叶拈花微笑，中祖达摩安心慧可，直至六祖慧能言下顿悟，一路下来，将"悟"演绎得令人叹为观止。尤其是慧能，一个不识字的农夫，在大街上听人随口念一声"应无所住，而生其心"（出自《金刚经》），竟然悟彻佛法，甚是了得。从慧能始，禅宗不立文字、直指人心的悟道心法，对后世影响极大。慧能也因此成为佛教中国化的代表人物。

受慧能的影响，后世禅门"棒""喝"齐飞，悟道心法令世人瞠目结舌。但是，世间有慧能大师那样慧根者毕竟太少，因悟道多随机缘，无迹可寻，后世禅宗遂流弊丛生，"口头禅"盛行，风光不再。

其实，悟，没那么神秘，许多人都经历过，只是没以"悟"名之。比如，人们长思一个问题，不得其解。突然一刻之间，灵光闪现，豁然开朗，问题得以解决，这个瞬间就是悟的状态。

悟的前提是对问题有深入的思考。找一个从未接触过某类问题的门外汉，就是让他想到天荒地老，可能也是白搭。

⊱✿⊰

问：现如今的培训课，内容多来自西方，因有切实的路径可寻，故成为市场主流。而有关中国文化的课程，以笼而统之、大而化之居多，您怎么看？

答：西方文化相比于中国文化，可用一个词概括其特点，即"理性"。体现在知识方面，就是聚焦一处，证据确然，逻辑清晰，路径可寻。以西医为例，医学院的那套教学方法，只要毕业，基本就是一个合格医生。

中国文化相比于西方文化，可用"感性"概括其特点。

感性体现在两个方面，一是不孤立地就事论事，而是感知八方，将问题放到具体的时空背景中研究；再是强调研究者的主体性。以中医为例，中医院培养的学生绝不会像西医院那么齐整，水平高下可能相差很大，因为中医不仅要考虑病人冷热痛痒等具体症状，还要考虑天候、地域及人身五脏六腑等综合情况。同样是感冒发烧，可开出的药方却可能因人而异。中医院能够教学生的就是什么症状对应什么病，可综合感知时空、病人的能力，老师虽可教授一些基本方法，但因与医生自身状况（如身体素质、知识素养等）关系极大，体验可能相差万里。再如唱歌，老师可以教你唱得合谱合规，可要唱出味来，打动听者的心，没有阅历、没有对歌曲所表达内容的体认，是不可能的，但阅历、见识又是教不出来的。

我以为，不涉及人的自然科学，以西方研究方法见长；而涉及人的，无论是人与人、人与神、人与物等，中国文化有独到优势。管理离不开人，在中国从事管理工作，不了解中国文化，难有成就，但问题是这方面的好老师如好中医一样难寻。

积微成著

积微是指注重日常的点滴努力,以持续的改进获得优势。

有一次,同时要求两位年轻人各写一篇稿子。两位年轻人是前后脚从业务部门被选调至行政管理部门的,资历相当,平时工作也都有不错的口碑。

两人都在规定时间内拿出了稿子,但质量不同。一篇稿子稍加修改,就能使用;另篇稿子则不然,质量差,在处长手上就给卡住了。

两位年轻人日常都要处理繁琐的行政事务,且都处理得不错,但在材料写作方面较出了高下。原因在于一个在处理好日常事务的同时,还在默默修炼写作基本功,一个则在提高写作技能方面偷了懒。到了需要显露写作本领的时候,偷懒者显示出了能力不及的问题。

一般的政务处理，或遵规矩，或照有经验者指点去做，基本能够较快地掌握和应付下来。而写作技能的提高，是个慢工细活，需要日积月累，需积微成著。

孙皓晖《大秦帝国》是近些年来罕见的一部十分精彩的历史小说。作者在书中构思了一个细节，说是秦王政继位之后，先是汰旧换新，使李斯等新锐之士成为朝中大吏，稳定了朝局；再是开拓郑国渠，使得秦关中腹地真正成为不惧旱涝的丰产之地。此时的秦王政信心满满，意图东击六国，一匡天下，建立不世伟业，对于每日陷于事务堆中的状况心烦意乱。李斯用积微而成的道理提醒秦王，秦王朝的战争准备还有很大差距，至少尚需五年时间，秦王眼下最需要的是认真处理好每一件琐碎政务，为将来的大出天下做好准备。李斯的提醒使秦王政冷静了下来，才有了后来的力吞六国。

积微成著，大道至简。明白而能行者，却非有心人不可。

问：有人说，写材料是机关第一苦，您怎么看？

答：基本同意。越是大机关，越看重文字功底，因为大机关是靠文件指导工作。而要成为一名写作高手，其间的磨炼之苦非局外人能够想象。可一旦过关了，应对起来也还好吧。

秉性能不能改

一朋友大学毕业后，即自办企业，在商海摸爬滚打二十多年，练就了一身本领。讨论问题常常一针见血，直指要害。周围的朋友对他的态度有些矛盾，既想听到他的真知灼见，又对他常持批评态度心里不快。有次讨论问题时，这样的情景再一次发生。我对这位朋友说，你的说话方式可以更具建设性一些，如果大家因为你不留情面的说话方式，而不接受你的观点，岂不是达不到批评的目的吗？这位朋友真是个人物，闻过则喜，问我：

"知道自己有这个臭毛病，你说怎么改？"

我脱口而出："不好改。"

朋友脸上有点挂不住，追问道："真改不了？"

我说:"对于多数成人而言,禀性难移,确实难改。"

他道:"那么说,还是有少数人可以改了。"

我说是的。推荐他试试管理学大师彼德·德鲁克倡导的反馈分析法。

我打开电脑,从网上找到了德鲁克一段话,指给他看。

"每当一个天主教神父或卡尔文教的牧师要做一件重要的事情(比如,做一个关键性决定),他必须在事前写下预期的结果。9个月之后,他会将实际结果与预期结果进行反馈分析。这样他很快就会明白:他哪一部分做得好,他的长处在哪里。同时,他也可以看出还需要学习什么,哪些习惯需要改变。最后,他还可以知道他所不擅长和做不好的部分。我自己遵循这个方法也长达50年,它能够显示出一个人的长处所在(就个人而言,是非常重要的)。同时,它也能显示出在哪些方面需要改进,需要做何种改进。最后,它还会显示出你不能或是不该做什么。清楚自己的长处所在,知道如何发挥长处,并且明白自己不能做什么——这些是持续学习的关键。"

在《21世纪的管理挑战》这本书中,德鲁克总结了实施反馈分析法的七点结论:

①集中精力发挥你的优势；

②努力增强你的优势；

③反馈分析法很快就能发现人们在哪些方面存在井底之蛙的傲慢倾向；

④改正我们的坏习惯；

⑤要懂礼貌，以礼待人是组织的润滑剂；

⑥发现什么是无需做的事情；

⑦在改进弱点上，要尽可能少地浪费精力。

这位朋友一边点头一边道："这不类似中国儒家倡导的'吾日三省吾身'吗？"

我说："有相近之处。但中西文化有一重要区别，就是中国传统文化有笼而统之的毛病，入门路径不清，讲究个体悟性。而西方文化的一大优点是指向明确，路径清楚，初学者比较方便入手。"

这位朋友表示试试，争取能有改变。

问：有效果吗？

答：尚需时日。

向宗教学管理

古往今来，大至帝国王朝，小至各类工商社团，无数组织在历史的长河中灰飞烟灭。但有一类组织却屡经磨难，屹立不倒，且还在不断地扩张之中，那就是宗教组织。特别是以佛教、基督教、伊斯兰教为代表的宗教组织，历经千年不衰，信徒遍布世界，以寿命和影响论，可谓最成功的组织。

宗教组织与其他组织相比，一个最为显著的特点是务虚，且虚到了极致。宗教组织对信徒们的承诺，虽教派之间有些差异，但大体上都是死后上天堂云云。而其他组织，如国家、公司等则要为成员提供生活、安全等实实在在的保障。试想，有哪家企业敢要求员工无偿奉献，结果准得关门。为什么务虚的反较务实的成功呢？其实，虚有虚的妙处，正因为虚，信徒们在有生之年是不可能实现目标的，结果就是信徒们常会追随到死。而其他组织的成员，则在组织降低他们的实际保障或无法满足其新的利益诉求时选择离开。

宗教组织的另一显著特点，是为人们的终极追求提供了解决方案。人来自自然，人的生物属性毋庸置疑，生存是人类的基本需求。但随着人类社会的进步，精神追求在人们生命中的地位已高于物质追求，其中，灵魂的安抚与归宿又是精神生活的终极问题。虽然文学、艺术、哲学等能够满足人们的部分精神追求，但唯有宗教为人们的终极追求开出了最彻底的药方。

宗教组织给予管理者的启迪就是：既要关注人们的物质追求，更要关注人们的精神追求；既要关注人们小确幸的追求，更要从信仰的高度予以指引。

毛泽东领导的中国共产党在与蒋介石领导的国民党斗争中，能从民国初期几十个党派中脱颖而出，取得最后的胜利，中国共产党人具有明确的、坚定的、适应时代的信仰是根本原因。

稻盛和夫，被称为日本的"经营之圣""人生之师"，他的经营之道就深受宗教的启迪。研究、学习宗教的一些管理理念及方法是管理者应修的一门功课。

问:您怎么理解马克思所说的"宗教是人民的鸦片"？

答:我们在认识世界的过程中,要警惕一个不好的习惯,那就是思维偷懒,在没明白的情况下,随意给认知对象贴上个标签了事。马克思的原话是:"宗教里的苦难既是现实的苦难的表现,同时又是对这种现实的苦难的抗议。宗教是被压迫生灵的叹息,是无情世界里的同情心,是没有灵魂的处境里的灵魂。它是人民的鸦片。"(《黑格尔法哲学批判纲要》)。从这段话可以看出,马克思并没有简单地否定宗教,而是肯定了宗教在阶级压迫社会的存在意义。

艺术、宗教均非人类生存的必需品,但又是人类从野蛮走向文明的标志性产物,是人类文明过程中创造出来的精神财富。艺术满足了人们的审美需求,宗教满足了人们安顿灵魂的需求。人性的突出特点是欲望无限、索求无度、永不满足,这些既是人类进步的动力,也有可能将人类导向深渊。这一点,从人类个体方面已有太多的印证。为防止人类发展无度、失控,有着刹车功能的宗教就可能永远存在。

问:您信仰宗教吗？

答:我不反对他人信奉宗教,但我是共产党员,不仅组织不允许,就我内心而言,我也没有信奉任何宗教的愿望。中国有智慧的老祖宗们,如孔子、老子、庄子等都不信鬼神,活得那么光彩、洒脱。到了我们，就非要依仗个神灵才有活下去的勇气？道德和法律还约束不了我们吗？没有宗教信仰的人，需要独自直面生活的苦难，需要独自承担人生的责任，此等勇气和情怀是不是更值得赞美？！这块土地上的中国人不就是这样一路走到今天吗？！

在回答前一个问题时，我说宗教是人类在文明发展过程中创造出来的精神财富，可以不信仰，但并不影响我们学习和借鉴。

担　　当

在管理者应具备的诸多品质中,我最推崇的是——担当。

管理者的担当品质,在组织处于顺势时,不大能感觉得到。而当组织处于颓势时,管理者的担当品质就如黄金般珍贵。林则徐的"苟利国家生死以,岂因祸福避趋之。"既是自画像,也是对普天之下勇于担当者的刻画。

抗美援朝时,面对武装到牙齿的以美军为首的联合国军队,武器装备落后的我军能否与之对抗,成为很多人心中的疑虑。彭大将军率领中国人民志愿军迎了上去,浴血奋战,打击了敌人的嚣张气焰,打出了我军不信邪的气势,为新中国赢得了尊严。"谁敢横刀立马,唯我彭大将军。"信哉!彭大将军是有担当的管理者。

联想集团受金融风暴的影响,2008年年报巨额亏损。

联想老帅柳传志再度出山，担任联想董事局主席，采取了高管降薪、全球裁员2500人等大动作，帮助联想渡过了难关。柳传志是有担当的管理者。

享有"经营之圣"美誉的日本企业家稻盛和夫，临危受命，为国担当，以近80岁的高龄接手申请破产保护的日航，仅用一年多的时间就使企业摘掉破产的帽子。要知道，没有人是永远的赢家。稻盛和夫此前从未涉足航空业，一旦挽救日航失败，很可能砸了自己"经营之圣"的招牌，以至"晚节不保"。但是老先生没有明哲保身，而是义无反顾地挑起了重担。稻盛和夫是有担当的管理者。

担当者，既要有敢于担当的勇气，还要有能够担当的才干，二者缺一不可。具备勇气者不乏其人，二者兼备者少。

担当者有两类。一类是在众人都意识到的危机面前，舍我其谁，挺身而出，或力挽狂澜，或成为殉道者。如诸葛亮勇气、才气俱佳，虽未能助刘备光复汉室，但同样受后人敬仰。另一类是危机对组织的生存尚未构成直接威胁，人们还没形成改革共识，管理者敢于力排众议，杀鸡用牛刀，提前消除隐患。前者，力克危难；后者，防患于未然。两类管理者都值得尊敬。

问：不给管理者显示担当的机会岂不是更好吗？

答：我完全赞成您的观点。传说华佗三兄弟医术高明，大哥是治未病的高手，二哥是治初病的高手，华佗则长于治疗重症。华佗认为他的两位哥哥比他医术高明，从道理上，我们都认同华佗的评价。一个好的组织就是能够居安思危，提前将各种隐患消除于无形，不给管理者显露担当的机会。但问题是，有几个组织能够如此？有几个组织能够永葆青春？生老病死乃人之常情，又何尝不是组织之常情呢？这也是千载之下，人们只记得华佗，而忘记了他的两位哥哥名字的缘故。

"贴标签"

"文革"期间，流行过一句话，"知识越多越反动"。好在这句话与那个荒谬的时代一起，已经离我们远去。之后，"知识就是力量"被广泛传播和接受。用当下的话讲，求知是件高大上的事情。在这样的情境下，人们对知识的副作用要么缺乏认识，要么不够重视。

随意给事物贴标签就是副作用之一。事到眼前，思维偷懒，不觉察事物的独特性，以已有知识给事物贴上个分类定性的标签，就认为大功告成了。

一位老先生，60岁出头，有过数次严重的晕厥表现，当地医生诊断为心脏病。老先生自己也找来一些资料看，认为自己的病况符合心脏病特征。于是，就按心脏病进行治疗，但未见好转。后来，老先生在孩子们要求下，到北京诊治，两家知名医院给出的结论都是病情与心脏无关，应是颈椎压迫神经所致。可奇怪的是，不管大夫怎么说，老先生就是认为自己得的是心脏病。其中一位专家还专门提醒老先生说，心脏病帽子好戴，摘下难，不是大夫不摘，而是病人思想上摘不下。之后，老先生还是背着家人继续偷吃治疗心脏病的药物。

再举一例。某单位多数员工的工作，是依靠数据库进行信息处理，无需与其他人协作就可完成工作任务。时间长了，员工与人交流的欲望就有所降低，于是，一些人就给自己贴上了性格内向的标签。之后，在人多的地方出现，多是一副稳重有余、活跃不足的模样。问大家为何这样，说是性格内向。而当其中的一些人被调整到其他工作岗位后，性格表现并无明显的内向型特征。看来，还是随意贴标签之故。

知识是人们认识世界、改造世界的有效手段，但是也应当明白知识的局限性。知识是抽象的产物，与具体事物之间总是有距离的。所以，不可简单地给事物贴上标签了事，无论是社会主义、资本主义这样的大标签，还是内向、外向这样的小标签。

归根结底，具体问题还得具体分析。特别是管理者更应警惕思维偷懒，切莫轻易给员工贴上好与坏、能与不能等标签，影响员工的积极性。

问：思维偷懒也有好处呀，能够减轻认知负担，从而集中精力做好自己关注的事情。不是吗？

答：我大体同意您的观点。但还是想提醒您，思维偷懒随时都可能出现，不仅会在您不关注的事情上出现，在您关注的事情上同样会出现。

骨干的培养和使用

对骨干的培养和使用，是管理者必须用心去做的一件事。

骨干的重要性，毛泽东有一句十分精辟的论述："政治路线确定之后，干部就是决定的因素。"（毛泽东《中国共产党在民族战争中的地位》）。管理者培养和使用骨干的能力，是衡量其管理水平的一个重要尺度。

骨干必从培养始。培养骨干存在的普遍问题是急功近利，缺乏长期培养的规划和耐心。古训"十年树木百年树人"，对人的培养是组织必须支付的代价。以中央国家机关为例，一个大学毕业生，从参加工作到走上处级领导岗位，一般需十年左右，如果发现了好苗子，这段时间就是需要悉心培养的阶段。最好的培养方式莫过于压担子，就是把急难险重的任务交给他们，把他人不愿干的活交给他们，以磨砺其才干；再是放到多个岗位让其历练，增长其阅历及适应不同工作要求的能力。

骨干使用中存在的主要问题有两个,一是放手不够,怕出错,使得骨干受到的锻炼不够充分;再是反馈不够,引导、校正工作跟不上。

基业长青的一个重要保障,是持续的人才储备,智者不可不察。

问:管理者如何确保自己的管理理念能够得到传承?

答:管理者,特别是成功的管理者总想把自己的成功经验复制到下一代身上,但坦率地说,很难,即使亲生儿女接班都无法保证。与其把精力放在人员的挑选上,不如放在组织文化的建构上。无形文化的约束力,可能比有形的制度更靠谱。再者,如果形势发生了变化,传承者与时俱进,做出调整,是好事。

问:对于不喜欢的骨干怎么办?

答：政府机关、事业单位等骨干的配备有相应的规则，不能完全反映管理者的意志，管理者需接受现实。管理者对手下骨干可以不喜欢，但在工作上却应一碗水端平，公正地对待他们。只有这样，管理者才有可能争取到广泛的支持。要知道，天底下所有的管理者，都是在有限条件下行使职责的，骨干不得力也是限制之一。世上没有十全十美的舞台，不要抱怨组织给予的资源太少，管理者能埋怨的只有自己还不够优秀。有限制方显才干，古往今来，人们称道的军事家都是那些以弱胜强、以少胜多者。要风有风，要雨得雨，傻子都能干的事，还要你干吗？

问：为什么小布什能当总统？

答：问者的潜台词是，小布什能力平平，话都说不好（经常拼错词），却为何能当总统？我的看法是，中西方在治国理政人才的选拔上，有理念上的区别。中方的选择标准是重能力，西方的选择标准是重理念。虽说各有千秋，但在组织机制比较完备、运作正常的情况下，重理念的效果要好于重能力。国人一向看重人的能力，根源在于法制运作不良，组织机制不完善，希望有能力出众者弥补机制之欠缺。

谁说管理者手中无资源

与机关事业单位管理者交流时,听到最多的抱怨就是手中无资源,因而无法调动员工积极性。作为管理者,都想手中有钱有物,有升降下属的权力。但在现实中,管理效果与权力的多少又构不成正比关系。否则,无以解释同一个单位相同职能部门,何以管理成效大为不同。所以,管理效果的差别,我以为主要取决于管理者的非权力因素。非权力因素是管理者挖掘不尽的资源宝藏,是管理者手中真正的王牌。非权力因素大体由品格因素、才能因素和感情因素构成。

品格因素应以事业心为重。事业心不仅仅要求管理者兢兢业业,恪尽职守,更高的要求是要有喜爱之心。敬重职业较易做到,喜爱则难。知之者不如好之者,好之者不如乐之者。管理者对繁重的管理工作不视为负担,而是甘之如饴,定会全身心投入工作中去,进而感召下属。

才能因素应以通权达变为重。这个世界，变化随时都在发生，管理者需根据实际情况，采取适当措施，以实现目标。但由于管理者认识的局限，做到通权达变并不容易。毛泽东一生都在倡导实事求是，反对本本主义（教条主义之意）。邓小平的"猫论""摸论"，无不闪耀着实事求是的光辉。陈云的"不唯上、不唯书、只唯实，交换、比较、反复"同样是对实事求是思想的阐述。

感情因素应以谦和为重。在感情诸因素中，强调谦和，异议者少。管理者居上位，时日稍长，不免滋长倨傲之心，使上下疏离。管理者如能始终谦和待人，下级自不会将其视作外人。

非权力因素是管理者手中实实在在的资源，如善加增持和利用，手中本钱还可与日俱增，管理者不可不察。

问：真想有所作为的话，没点实权恐怕不行吧？

答：第一，我之强调非权力因素，并非否定权力因素，而是希望管理者重视非权力因素。

第二，是否有实权，不取决于管理者，而是取决于组织及上司。与其费心追求不确定的东西，不如提升自身素养来得实在。

第三，一般而言，权越大责越重。权重者如不具备较高的自制力，权力可能变成累赘，进而还有可能成为祸患。

强人时代落幕了

2015年,全国"两会"结束仅十多分钟,仇和落马新闻曝出。我以为,这是一个标志性的事件,标志着中国官场强人时代的终结。

仇和作为一个个性鲜明的官员,是在不断的争议声中,一步步升到省级高官的。我相信,在他工作过的地方,正像有人恨他一样,肯定也有不少人为他扼腕叹息。

改革开放三十多年,有一些官员像仇和一样,顶着各种压力,充分施展个人魄力,使曾经主政过的地方,发生了不小的变化。但同时也给社会留下了不少后遗症,最主要的问题就是不重视法律,不按规程办事,忽视百姓的一些正当诉求,遗留下一系列社会矛盾。

坦白地说,中国历时三十余年的改革开放,是一次大破大立的伟大革命。这场革命是个需要英雄、也出现了英雄的时代。但时代发展到今天，已经到了不需要英雄，需要有良好职业操守的中庸官员的时代。遗憾的是，一些人要么是没有认清现实，要么是惯性使然，还在叱咤风云，一派舍我其谁的架势，结局往往不妙。

人人都有英雄情结，但是人们应当清楚，一个需要英雄的时代，一定是个非常态的时代。在一个正常的社会生态中，是不需要凌驾于法律之上的英雄的。"二战"时期的英国首相丘吉尔，带领英国民众成功抵抗了希特勒法西斯，被誉为"民族英雄"。但战争尚未结束，他所领导的政党就在选举中被选民抛弃，丘吉尔因此下台。丘吉尔倒是想得开，当有人告诉他这个消息时，他正在洗澡，他说："他们完全有权力把我赶下台。那就是民主！那就是我们一直在奋斗争取的！现在劳烦您把毛巾递给我。"

周永康、薄熙来、刘志军、仇和的落马，标志着中国强人治理时代的落幕，依法治国的帷幕开启。

问：有些落马官员人们痛恨，因为他们贪腐昏庸。但有些落马官员在任期间做了不少好事，政绩比较突出，虽说因为贪腐等原因下台，可人们痛惜的成分更多一些。是这样吧？

答：是的。中国从改革开放伊始至中共十八大，是中国历史上少有的全民创富时代，是和平建设时期狂飙突进的时代，是各路能人、强人尽展本领的时代。时代落幕了，大浪淘沙，水落石出，留在舞台上的才是真正的英雄。那些被那个时代裹挟去的人物，虽说结局令人痛惜，但他们曾经的辉煌，已经成为那段辉煌历史的一部分，想来对他们可能也是一种安慰。

私欲大过天

孙皓晖的《大秦帝国》是近些年来少见的一部优秀长篇历史小说,艺术地再现了中华民族历史上少年丰华、充满张力的一段岁月。阅读中,经常是心潮起伏,感慨不已。随着阅读的深入,有个问题始终萦绕于心,挥之不去,即各国的保守势力为何常为一己私利,置国家安危于不顾,难道他们不知道覆巢之下无完卵的道理?

春秋战国时期各国的保守势力,在各诸侯国建国初期,多是有所作为之辈,作为回报,被分封给了一定的土地和民众。天长日久,逐渐成为国中之国。随着私欲的膨胀,扩张封地,拥兵自重,成为常态。春秋末年,晋国被韩、赵、魏三家贵族瓜分,就是一个典型例子。

春秋战国时期的改革家们,改革的主要内容就是削封,即削弱封建主的势力,壮大以国君为代表的国家机器力量。

因大势所趋，各国都进行了改革，区别只是程度不同而已。秦国之所以笑到了最后，是因为商鞅和秦孝公的改革，相较其他诸侯国，最为彻底。商鞅新政推行后，民众不再是封建主的隶民，赋税主要由国家收取，封建主不得拥有私人武装。商鞅新政解放了生产力，使得秦国从改革前公认的落后国家，一跃成为诸侯之首。商鞅改革的彻底性，使得封建贵族对商鞅恨之入骨。秦孝公一死，封建主猖狂反扑，致使商鞅被惨绝人寰地车裂，令后世的改革家们唏嘘不已。但也正因为商鞅改革的彻底性，封建主们虽说出了口气，但没有了复辟的根基，秦国避免了其他国家那种翻烙饼的命运，国政始终被新政所主导，在大争之世笑到了最后。

私欲乃人之本能，如无节制，真会大过"天"。战国时期如此，后世也难避免。最为大家熟知者，莫若崇祯一朝，眼看李自成大军兵临城下，皇上让大臣们掏钱，竟个个哭穷，最终都被闯王搜去。也由此可知，商鞅当时的变革有多难。

❀

问：私欲有其进步的一面，人类的进步在某种意义上也是为私欲不断正名分的过程，您怎么看？

答：人类的进步既是为私欲正名分的过程，同样也是限制其冲动的过程。不然，怎么会有道德、法律？名分不是白给的，名分本身就意味着责任。有如名人，享名的同时，反倒不如普通人在日常生活中活得随意自在。

人人戴着有色眼镜

人们常用"戴着有色眼镜看人"这句话,批评那些不能客观看待事物者。其实,我们每个人都是戴着有色眼镜看人看世界,只是多不自省罢了。

个人穷尽一生,阅历再广,读书再多,在大千世界面前,所知也仅是沧海一粟。加之每人的成长环境各异,每人眼中的世界都不尽相同,都与客观世界有一定距离。

管理者更不可能例外。管理者虽是职场上的佼佼者,但以往的成功经历却易产生一种副作用,那就是自我意识会伴随职务升迁不断放大,人越来越自负,即所戴镜片颜色可能越来越深。

应对之道也不复杂,都是些众所周知的东西。如管理者要有自省意识(参见本书首篇"认识你自己"一文),班子要有敢于唱反调的人存在，应有可靠的监督机制等。

问：为什么有领导常将人看死？

答：我也有同感。领导职务越高，这个问题可能越突出。可能的原因是，能够不断向上走的领导，多数自我意识较强。优点是有主见，意志坚定。缺点就是对人对事成见较深。当然，也有客观的原因，随着职务的升迁，领导与下级的交往，由过去的深交变成点头之交，靠点头之交改变过去深交时对人形成的看法，不大容易。有一名处长，能力出众，是个能打开工作局面的人，但因性格原因，早期在为人处事方面棱角多了一些，部门一再向主管领导推荐这名干部，可始终得不到该领导的认可，未能发挥更大的作用，令人叹惜。

您为何升上不去

各类组织因规模不同，管理层级也就有多有少。国务院各部委，无论人员多少，基本由处级、司局级和部级三级构成，处级为基层管理岗位。在各级组织中，基层管理岗位无疑是最为辛苦、也最锻炼人的岗位。

基层管理岗位既要管人，还得做事，而中上管理岗位则基本以管人为主。在中央国家机关，一个大学本科毕业生，如果顺利，苦熬十年，才能当上副处长。有过中央国家机关工作经历的人都知道，处长的工作强度要高于普通员工，不仅要管好处内人员，许多事情还需亲力亲为。在处长这个岗位上，想超脱一些，是比较难的。由处长职位向上走，到了司局级层面，工作内容就以人员管理为主了，此时若对事务性工作再亲力亲为，反倒不是一个称职的领导。

许多管理工作者，终其一生，都在基层管理岗位上打转转,没能再往上走。排除用人之风不正的问题,原因大体有三。

一是能力不够全面。基层管理岗位的择人标准,突出实干精神和专业技能。一旦走上基层管理岗位,还须具备高出专业的眼光,能看清部门工作在单位工作中的位置,能对工作进行前瞻性的谋划,能有创新。这方面的能力不足,使得一些基层管理干部止步不前。

二是干得了事管不住人。一些基层管理人员堪称劳模,兢兢业业,任劳任怨,靠实干精神也能把分管的工作应付下来。但管理人的能力弱,得不到部下的拥戴,从而成为再进步的致命伤。

三是缺乏担当。一些基层管理干部,要么是只关心自己的一亩三分地,多一点工作都要计较;要么是遇到麻烦不敢出头,绕着走,不能为组织和领导分忧;还有就是出了问题推卸责任。有这几种情况,领导怎么还敢让这些同志担负更重要的职责呢?

问：为什么有的干部具有上述问题，仍然官运亨通？

答：好问题，但也真是不好回答。确实有些管理人员有上述毛病，但依然走上了管理岗位，有的还居高位。同样在排除用人之风问题后，大体有两个原因：一是领导是个睁眼瞎，缺乏识人辨才的能力；二是不得不承认有人命好，这些人中，有的是因独特资源，诸如学历、年龄、工作年限、政治面貌，民族、性别、籍贯甚至爱好等被提任，有的因上级要平衡矛盾而意外胜出，还有的是因机构调整而天上掉下馅饼等，不一而足。这个世界因其存在荒诞的一面才是一个真实的世界，就像马戏团，没个小丑搅和，观众还觉得乏味呢。

不要触碰底线

每个组织为了保障运营，都有不可逾越的底线。是底线，就不要去碰，或心存侥幸试探。

在政府部门工作的管理者，有几条底线是不能碰的，如诋毁党和政府、泄露国家秘密、违犯民族政策等。以泄露国家秘密为例，近几年，保密管理部门加大了查处力度，处分了一些人，且处分力度远超其他违纪行为。当今泄密者，多因疏忽导致网上泄密，虽有值得同情之处，但法不容情，只能怪自己保密意识不强而碰了不该碰的底线。机关事业单位多无营利压力，业绩好坏难以客观衡量，故因工作业绩不好而栽跟头的少，触碰底线栽跟头的却大有人在。

企业管理者同样要有底线意识。如受利益驱使，吃里扒外，就最为老板们所痛恨。有些企业，对财务报销有严格规定，一旦发现违规，不是扫地出门，就是很难再得到信任。

管理岗位不是老好人的容身之所。优秀管理者共有的一个特点，就是既有灵活性，又有原则性。原则性不仅体现在对下属赏罚分明，更体现在对自我的严格约束，自我约束的一个重要标志就是不能触碰底线。

问：怎么做才能不碰底线？

答：没有秘方能保证人们不碰底线，否则天下早就太平了。人们莫要高估自己抵抗诱惑的意志力，战胜诱惑的最佳方式是远离诱惑。

不要迷信格言警句

格言警句是人类智慧的结晶。如果把人类思想喻为浩瀚的太空，那么格言警句就是闪烁其间的星辰。为此，人们常将格言警句作为座右铭。但是，凡事都有个度，若至迷信的程度，可就过了。

所有的格言警句都是特定时空下的产物，有其特定的背景，无论始作者多么伟大，揭示出的道理多么深刻，也是有限真理，不具有普遍性，不是什么情况下都能适用。

我读军校期间，崇拜一位同班同学的父亲。其父毕业于老名牌哈军工，不仅在专业领域是佼佼者，且在文史哲方面也有相当造诣。每与其谈话，都受益匪浅。但因当时年纪还小，见识不足，只顾尽情吸纳，走了一些弯路。一次，先生说，人想干番事业，要有"大事清楚、小事糊涂"的情怀，还解释了"吕端大事不糊涂"这句话的来历，当时谨记在心，将其作为座右铭。不久,毕业到部队当排长,排长是兵头将尾,哪有那么多大事?多是些琐碎事。小事不上心,结果也就可想而知。后来想想,不是先生说得不对,而是自个儿不会灵活运用。

工作期间,曾遇到一位领导。该领导经常冒出一些独特想法,自己不做解释,也不允许下级质疑。如果事情没办好,则批评下级没领会其精神。结果就是下级绕着这位领导走,领导成了孤家寡人。后来从知其根底者了解到,该领导的管理信条竟然是"民可使由之,不可使知之"(《论语·泰伯》)。典型的误人误事呀。

再举一个例子。毛泽东说过:"世界上怕就怕'认真'二字,共产党就最讲认真。"这句名言现在还常被引用。据披露的史料,这句话的来历是这样的。因需修缮毛泽东在中南海的办公场所,勤务人员要将房间内的大沙发搬出,可是折腾半天出不了门。有勤务人员就认为沙发比门大,无法出去。毛泽东走过去问大家,是先有房子还是先有沙发?大家说肯定是先有房子后进的沙发。接着想办法,终将沙发移了出去。毛泽东很高兴,随即说了上面那句话。对于这句话,同样不能教条对待,应当是该认真时认真,该和稀泥时还就得和稀泥。在某部门工作期间,某资深员工喜好传闲话,时不时会给你讲某某又说你什么了等等,对此千万不能认真,一耳朵进、一耳朵出是最好的应对之道。

汪中求《细节决定成败》出版后，很快《战略决定成败》《心态决定成败》《习惯决定成败》等纷纷出炉，令人眼花缭乱。其实稍有阅历的人都知道，人或组织的失败有的在战略，有的在细节，具体问题还得具体分析。

我以为，衡量一个人智慧高低的标志之一，就是看其能否辩证地看问题，能否具体问题具体处理，而不是用框框去套问题。对待格言警句也当如是。

问：*确实有放之四海而皆准的真理呀，比如"人是会死的"这句话，请问您怎么解释？*

答：有些话，貌似绝对真理，但可惜世界上没有绝对真理这回事。且不说这类话多大而无用，细究起来，依然经不起推敲。就以"人是会死的"为例，古人和今人对死亡的理解就不一样，宗教徒和无神论者对死亡的理解也不相同。近些年，有生物学家研究涡虫，发现这种虫和人类基因有80%相同，但它的神奇之处是能不断地复制自己，就是说，这种虫是不会死的。随着科学的发展，人会不会永生？以什么方式永生？都是可以探究的，而非绝对不可解。

谁该站在聚光灯下

谁该站在聚光灯下,是管理者还是被管理者?这是一个问题。

管理者是一级组织的代表,由其代表组织出现在聚光灯下,难道还有问题?管理者固然是组织的代表,有许多机会站在聚光灯下,但管理者莫忘记,没有员工,何来组织?没有员工,何来绩效?聪明的管理者应把站在聚光灯下的机会更多地让给下级。

推举下级站在聚光灯下,既体现了管理者容人纳物的胸怀肚量,还有利于调动下属的积极性。一石二鸟,何乐而不为?但有些管理者像演员,对聚光灯上瘾,表现欲望强烈,天长日久,不成为孤家寡人才怪。

一位部门领导,有较强的工作能力,但最不为群众认可的就是其表现欲望强烈。接受媒体采访是他，汇报工作是他，与上级部门沟通是他，甚至不给副职接触上级领导的机会，更遑论普通员工了。虽说辛苦，成绩也说得过去，但群众评价一般。

还有位领导，被群众称为"自我表扬的模范"。开口三句话，必说自个儿如何劳苦功高，搞得本部门的职工当面捧着他，背后埋汰他，外部门的人员则躲着他。还有人会当面诱导他进入自我表扬的状态，拿他当猴耍，可该领导长期不察觉，令人啼笑皆非。

东汉光武帝刘秀麾下大将冯异，为人谦逊。每当宿营时，将领们坐在一起，总是争说自己的功劳，冯异却常常一个人躲到树下休息，士兵们称他为"大树将军"。攻入邯郸后，刘秀给将领们重新分配任务，对部队也重新安排部署，这时，下级官兵都说愿意跟"大树将军"在一起。光武帝因此很推崇他。

问：有的领导就是爱表扬自己，作为下属该怎么办？

答：遇到这样的领导还能有什么办法。跟着大伙一面表扬他，一面心里拿他当猴耍呗。

公私不总是对立

企业家宗毅，个人出资在京沪高速沿线，架设了30个充电桩，使得驾驶电动汽车的人们可以从北京开往上海。他此举虽所费不多，但却为他及企业赢得了广泛声誉。其实，他初始的动机是为了自己方便，能够将个人购买的特斯拉电动汽车从北京开回上海。他的举动，引发了多人效仿，很快，多条高速路都有了充电桩。他在谈到此事时，说了一句耐人寻味的话，用私心做慈善，效果可能更好。

我在机关工作期间，分管过团青工作。有人曾对我讲，一些团青干部是为了个人出风头才热心团青工作的。我就说，即便如此，有什么不好吗？他们在完成本职工作之余，肯为其他青年服务，是好事；他们得以提高的组织力、号召力、文字力等，同样是组织需要的；在这一过程中，他们个人的声望及才干得以彰显，无可厚非。

在国人所受的教育中，常将公私二元对立。认为要想为公，就莫存私心，有"狠斗私字一闪念""大公无私"等曾经的流行语为证。其实，公与私并不总是对立。社会的进步，从某种意义上讲，是私欲推动的。比如，市场经济中那只看不见的手，指挥着人们为利而动，自己在获得利益的同时，也使市场繁荣起来，从而方便了更多人的生活。

或可说，世上的绝大多数人是出于私心而做着对己有利、同时对社会有益的事情。

问：怎么理解抢险救灾时，要求人们为了公众利益而牺牲个人利益？

答：战场、救护、抢险等是特殊场合，为了国家、大众、他人利益，牺牲个人利益，甚至献出生命，是社会需要和提倡的。这时就应该做到大公少私、大公无私。我不赞成的是，将非常态下的要求当成普适原则套用于常态社会。

机关事业单位的优与劣

2015年1月19日,一位朋友在我微信中留言:"当前针对公务员的各种改革接踵而至,年轻人包括我在内开始看不清未来,论坛上充斥着各种声音,感觉现在的工作成了鸡肋,欲走还留。您能否就此写篇文章,给年轻人点建议?"

要说清此问题,得先明白机关事业单位的优与劣。

机关事业单位有如下优势。

工作稳定。这一条是人们公认的。到企业工作,不确定性大,而人们对不确定性总是有种挥之不去的忧虑。在机关工作,对这一点的感受可能不强,就像人们在空气好的时候,不觉得好空气的可贵一样。这是不少人,特别是女性选择机关事业单位的重要理由。

为国为公。机关事业单位是为社会提供公共产品或服务的，工作的价值感容易得到体现。员工没有给领导打工的意识，个人利益及尊严能够得到较好的保障。

压力较小。机关工作，虽有加班的时候，但总体上能够兼顾工作和生活的平衡。节假日休息基本有保证。精神压力相比企业也要小一些。

当然，机关事业单位的劣势也很明显。

钱少。到机关工作，生活能够基本保持中等（当然是在已买到房或分到房的前提下），若想发财则是做梦。

乏味。人们在机关的发展是可预期的，无非顺着职务通道，一步一步向上走，直至退休，对有大抱负的青年来说，激励程度低。工作期间，还有开不完的会议、看不完的文件、写不完的材料，如果调整不到位，乏味感可能伴随职业生涯始终。

均平。在机关工作，干多干少一个样，干好干坏一个样，特别是反映在收入上，大领导与小职员差距可以忽略不计。这一点，最为一些能力强者所诟病，但又近乎无解。

受限。社会对公职人员的要求明显高于其他人群。身为公职人员不仅要在工作中注意自己的言行，在生活中也要注意。这对于崇尚自由、有特立独行意识的人来说，会感到诸多限制。

机关事业单位的优与劣，还能罗列出一些，但大体上如此。我以为，只有将机关事业单位的优劣看清楚了，才有可能明白自己需要什么，不需要什么，从而减少选择时的盲目性。

⊗⊗⊗

问：如何对抗机关的乏味感？有时对什么都没了兴趣。

答：我能理解，我也有过这样的时刻。如果你经常有，可能机关工作确实不适合你。如果是一段时间内感受强烈，建议用兴趣或爱好平衡一下，熬过这段时光，比如说打打球等。也可找深知机关事业单位的高人聊聊，或许会有所帮助。

公务员露出本来面目

公务员是近些年来的一个敏感词语，不断被推向社会舆论的风口浪尖。这种情景有点像人们对钱的态度，一方面认为钱多的人有铜臭味，另一方面又都希望自个儿成为富人。每年的公务员考试就是例证，青年学子们无论他们在学校是怎样的愤青，还是有很多人想成为一名公务员。

时间进入到2014年，风云突变。随着中国政治进入新常态，笼罩在公务员头上的那些亦真亦幻的云被吹去，公务员逐渐露出了本来面目——从事公共管理的普通工作人员。

标志性的事件有三。

反腐风暴。十八大前，政治治理出现偏差，公务员队伍腐败现象蔓延，一些人在权钱交易中成为获利者。这种现象，一方面招致群众的愤恨，另一方面又吸引着一些人挤进公务员队伍。十八大之后，中央铁拳反腐，权钱交易现象得到遏制，在一定程度上，降低了公务员的吸引力。

创业热潮。2014年是公认的中国创业元年，创业成燎原之势。催生创业的动力，一是中国经济转型所致，从传统行业出来的资本需要寻找新的投资机会；再是受中央简政放权、扶持小微企业的政策影响，不少青年学子投身于创业热潮，公务员吸引力相对下降。从2014年中央国家机关公务员考试报名情况看，竞争比例大约为64：1，低于2013年的77：1。无论是报名总人数，还是平均竞争比，都创下五年来的新低。创业热潮还影响了在职的公务人员，一些人离职投身到了创业行列。

实行社保。2014年，中央推出了机关事业单位工作人员养老保险实行社会统筹的政策，中央国家机关工作人员的最后一块隐性福利被瓦解，同时也打通了向企业流动的主要障碍。此举对公务员队伍的影响已经显现，离开公务员队伍者增多。

还有两个问题需要说明。

一是中国公务员队伍永远不会实行高薪养廉。主要原因不是中央想不想的问题，而是能不能的问题。中国的国情决定了在相当长的时间内，将会维持一支从中央延伸至乡镇、街道的庞大官僚队伍，对这么大的一支队伍实行高薪养廉绝对是痴人说梦。再有，在中国，公务员长期被视为人民的公仆，人民群众很难接受公务员高薪。

二是公务员既不是仆人，也不是父母官，而是依靠自身职业技能从事社会公共管理的普通工作者。他们有权利获得维持体面生活的收入。高薪固然不能保证养廉，但低薪肯定不能。如果这支队伍敬业、职业、稳定，将是国家之福、人民之福。

问：生活中与他人发生争执，即使自己有理，都不敢说自己是公务员，您怎么看？

答：这一现象在公务员还被人们视为特殊职业之前都会存在。什么时候人们认为公务员只是诸多职业中的一类时，您说的这种现象才有可能消除。

为中国企业管理创新喝彩

在组织内，领导者个人的力量抵不过机制的力量。好的机制是组织保持旺盛生命力的根本保障。改革开放以来，中国企业虚心向西方同行学习。三十多年过去了，在这个过程中，一些中国企业结合本土特点，逐渐凝练出了自己的管理真经。

华为公司

华为的老总任正非是军人出身，管理实践弥漫着浓厚的军人色彩。2009年，任正非在华为销服体系颁奖大会上发表了"让一线直接呼唤炮火"的讲话。他说："我们现在的情况是，前方的作战部队，只有不到1/3的时间是用来找目标、找机会以及将机会转化为结果上。而且后方应解决的问题让前方来协调，拖了作战部队的后腿……"美国特种作战部队的作战形式，给了任正非启发。美军特种作战部队前线小组由一名情报专家、一名火力炸弹专家、一名战斗专家组成，他们拥有随时呼唤后方炮火支持的权力。参照这种模式，华为将原来前线一个客户经理面对客户的模式调整为以客户经理、解决方案专家、交付专家组成的三人小组。原来的模式是客户经理接触客户，而后再流程化地呼唤后方的解决方案专家和交付专家，内耗颇多。而现在，三人可以共同解决客户问题，拥有条款、签约、价格三个授权文件，以毛利及现金流进行授权，在受权范围内可以直接调动后方支援，但超越授权要按程序审批。这样就大大缩短了决策流程和沟通成本。华为反应快捷的特点由此受到客户的广泛赞誉。

网龙公司

网龙是个有4000多人的大型游戏软件开发公司。游戏的开发者是年轻人，游戏玩家也多为年轻人，游戏开发本身又是一项对创意有很高要求的产业。公司为了使管理更符合青年人的胃口，设立了"悬赏与积分"管理平台。平台上，公司会将所有创意工作进行全员悬赏，一旦被采纳，就会有积分奖励，特别大奖会有现金奖励，员工的积分积累到一定程度还可以拍卖出去换取奖励。而企业管理层在选用和晋升员工时，也会根据积分来找寻合适的人才。2013年春节前，网龙的员工收到了一个很特别的红包（年终奖）。在红包外有个二维码，员工只要用手机"扫一扫"就可以登入内网，看到全体高管对自己的祝福视频。这个特别的红包创意方案，在以年终奖红包设计为主题的创新设计大赛中脱颖而出，提出创意的员工赢得了3万元奖金以及高额的积分奖励。再如，在网龙新员工的入职培训中，学员满意度最高的一门课竟然是公司规章制度的培训。这门课借鉴了江苏卫视的益智类节目《一站到底》的PK形式，让原本非常枯燥的规章制度培训高潮迭起。

芬尼克兹公司

这是一家不大为人所知的公司，但在所处的游泳池恒温节能设备领域据说是全球第一。该公司创造了用人民币选人才的方式，解决了让优秀人才脱颖而出的问题。这家公司近几年每年都要推出一个新的投资项目，因为之前的投资项目赢利，职工都希望投资新的项目。公司会发给每个想投资的人一张选票，上面只有三栏：选谁当头，投多少钱，个人签字。实践证明，用真金白银选出来的领导才是真正德才兼备的领导。

这三家公司各有各的治理高招，这些高招教科书上没有，都是企业为了解决各自的发展问题，在现实中趟出的路子。人们只知道中国企业将产品卖到了全世界，而少有人知他们在管理方面的创新。细思，如果没有管理方面的创新，又怎么能在激烈竞争的全球化舞台上站稳脚跟。

为中国企业家们的管理创新喝彩！

问：这几家企业的管理实践令人耳目一新，为什么机关事业单位少有管理创新呢？

答：企业要天天面对生死考验，逼迫企业管理者在管理方面不断创新。机关事业单位缺少创新的动力。中国如此，外国同样如此。如果您不甘于机关事业单位风平浪静的游泳池，可到江里海里感受感受。

英雄是时势的产物

中国人受传统文化的影响，无论口头承认与否，潜意识里不少人信"命"。

工作以来，经历过多家单位。站在管理者的角度，我对"命"的体会是，管理者的命实是组织命运在个人身上的反映。组织的运势好，管理者的命就好；组织的运势处于下降期，就是管理者的命不好。管理者能做的就是尽人事、听天命。"时来天地皆同力，运去英雄不自由"，说的就是这个道理（唐朝诗人罗隐《筹笔驿》）。

1985年5月至1986年5月，我随部队参加了中越边境自卫还击作战。战后，被任命为某连连长。部队从前线回来后，不少人以英雄自居，无视纪律的现象比较普遍，尤以我接手的连队为甚。上任一个月后，花名册上的士兵才找齐（一些人跑回家了），连队一日三餐都难以维持。临近年终，还出了一起翻车事故，连队建设下行到了谷底。那一年，是我在部队工作的 16 年中，最为劳神费力的一年，23 岁竟陡生白发。虽说如此劳心费力，可依然挡不住连队建设下滑的趋势。结果全团年终评比，连队垫底。到了谷底，上上下下认识到了问题的严重性，又借老兵复员对队伍进行了一番整顿。转过年，没怎么费劲，连队即呈明显上行态势，六月底年中评比，竟然一跃为全团第一，进步之快，有若神助。这段工作经历，使我对组织运势有了深刻的体认。

1926 年至 1930 年，蒋介石顺应民意，征讨各地军阀，或打或拉，纵横捭阖，没有碰到像样的对手，国家大体从军阀割据归于一统。抗日战争时期，蒋介石迫于国内外压力，实行国共合作，一致对外，取得抗日战争的胜利。抗日战争结束之际，蒋介石威望无二，踌躇满志，颇有舍我其谁的豪情。但此公却违背民意，发动内战，结果是背运连连，三年即被赶出大陆。民意所向即国家运势所向，顺者昌、逆者亡，多么深刻的例证。

作为管理者，要对组织的运势有基本的认识，正所谓"识时务者为俊杰"。如果组织运势处于上升期，管理者要好好珍惜，乘势而为，力争组织效益最大化。如若组织运势处于下降期，不要怨天尤人，应以"岂能尽如人意，但求无愧于心"自勉。哪个人的一生不是有起有落？有高潮有低谷？

三国时期，人才辈出，诸葛亮可谓精英中的精英。但从站到刘备身旁始，他悲剧性的结局已经注定。他的隆中对策，仅限于三分天下，实知统一中国的运势并不在刘备一方。后来的六出祁山，乃不可为而为之。但后人对诸葛亮的评价，并非成王败寇，依然尊崇有加。因为他以一己之力，延续了蜀祚，以自己的道德言行，成为后人楷模。

所以，管理者莫要成功了功劳归己，失败了则归罪于客观，要懂得时势造英雄的道理。此非教人谦让，而是事实使然。

问：个人的好运势能否影响组织的运势？

答：您的潜台词是有能力的管理者个人，可否改变组织的霉运？社会上宣传的那些明星企业家好像具有让倒霉企业起死回生的神力。以我的观察和体会，我不相信个人的运势能大过组织的运势，起决定作用的还是组织的运势。以孔明近神之智和鞠躬尽瘁的态度，都不能帮助刘氏完成一统之梦。不是孔明不行，而是时势不利于刘氏一方。但我们又不能否认优秀管理者的重要作用，如果没有孔明，刘备的命运可能更糟。

你我依然是农民

中国有漫长的农耕文明史,一直至2013年,农业人口数在总人口中所占比例才首次低于50%。农耕文明时代,家庭是基本的生产单位,邻里是基本的交往范围,血缘是基本的人际关系主导因素。孔子君君臣臣、父父子子那一套,之所以能够流行两千余年,是因为适合中国的农耕文明。

工商社会,大家从家庭走到社会上来,机关、公司、学校、医院等成为基本的生存单位,靠亲情维持人际关系行不通了,平等成为人们相处的基本准则。

但是,由于中国农耕文明的历史太悠久了,影响实在不可小觑。现今在职场担任要职的多为60后、70后,这些人多数是从农村出来的;即便是在城里长大,在他们成长的年代,那时的城市治理模式与农村并没质的差异。所以,我说句得罪人的话,除了在一二线城市长大的90后,其他人虽然已经是城里人了，但心态及行事风格与传统的中国农民相比并无本质不同。

这些年，中国职场上发生的一些乱象，如在单位里安排七大姑八大姨；按关系远近搞亲疏有别；迫使人们选边站队，搞人身依附；领导行为乖张、无法无天等，均可视为文明转型期间出现的问题，有着农耕文明的影子。

当年，有人批评管理学开山泰斗泰勒先生，认为他搞的科学管理那一套，是为了帮助资本家压榨工人。泰勒说人们误解了他，他的目的是为工商社会培养新人。因为那时的工人全部来自农村，普遍没有规程和标准意识。

毛泽东是农运专家，中国革命也是主要依靠农民夺得政权。但在新中国到来前夕，毛泽东特别强调："在中国，严重的问题是教育农民。"

如今的管理者多是城里人，但其身后仍然或长或短地拖着农耕文明的尾巴。有此意识能使我们在行使管理职能时，多点理性。

问：难道不能将农民任劳任怨的优势转化为生产力吗？

答：农民有吃苦耐劳的一面。但是，当今除去一些低端服务业及实行计件制管理的生产企业，各类组织主要依靠个体之间的知识协作而运营，依靠苦干使组织运营的时代过去了。

问：您身上有农民的影响吗？

答：有，从生活习惯到思维模式。写这篇文章也是为了正视自己这方面的问题。

重复：如影相随的魔鬼

人生路上，可能遇到许多艰难险阻，就像唐僧西天取经要经历九九八十一难。对于职场人来说，可能所有人都要经受一个魔鬼的考验，那就是一天又一天的重复劳作。重复就像人的影子，难以摆脱它的纠缠。以至于在职场上，听到最多的倾诉，可能就是"天天干同样的活，真没劲"。富士康工厂发生的连续跳楼自杀事件，其实就是年轻人对日复一日重复劳作的绝望。

商业社会的高度发达，使得分工越来越细。一个人只有在一个领域不断地深耕细作，才有可能成为业内专家，并依此获取较高报酬。可以说，是高度发达的商业社会，造就了重复这个魔鬼。但是，人类的天性又是喜新厌旧、见异思迁、不耐重复的，于是，诸多社会问题就此产生。比如，像感冒一样流行于当代社会的抑郁问题就与此相关。

怎么对抗重复这个魔鬼，以我之体会，可从工作本身和工作之外两个方面着手。

先说工作本身。对于工作，我们既可向纵深挖掘，也可向周边拓展。纵深挖掘就是将业务做精，有绝活，比同行高出一筹。比如，开出租车是一项重复度很高的工作。在我的印象里，在北京坐出租车，抱怨的师傅要远多于开心的。但有人不同。上海大众出租车司机臧勤，因为微软高管刘润先生的一篇博客"出租车司机给我上的MBA课"，而被公众熟知。臧师傅用心工作，而不是盲目地"扫街"；他快乐工作，而不是抱怨生活。同时，他的月收入也比同行要高出一倍以上。再是向周边拓展，就是扩大工作范畴。比如一个送外卖的，可以了解外卖公司如何运作，客户是怎么知道并选择这家外卖，可否兼带向客户的邻居推销外卖等，应当说可做之处很多。

再说工作之外。有些工作实在是枯燥无味，重复度极高，比如高速路收银员、电梯操控员等，但不做又不行，怎么办？还有许多工作的重复度可能比上述岗位低一些，但还是有许多人受不了，怎么办？一个可行的办法就是发展业余爱好，以工作之外的兴趣爱好，来平衡工作的枯燥无味。我在办公室工作一天，看文件写材料，常常搞得疲惫不堪，但下班后打打乒乓球，很快就能调整过来。

问：我一高中同学就是高速路收费员，虽说收入还可以，但做了两年，不顾家长的强烈反对，离职了。他就说我宁愿饿死也不愿意在那个岗位上疯掉。我就想，这样的工作为什么不交给机器人做呢？

答：已经逐渐交给机器人了。随着ETC速通卡的普及，高速路收费员定会越来越少。不仅如此，智能技术的发展还使得过去必须由人做的一些工作也都出现了机器人。比如，国外一些网站的财经文章，就是由机器人起草，人工稍加润色发出的。这牵涉到另一个问题，即就业，不是此文要讨论的内容了。

都是因为没有退出机制啊

中国历史上,"蜚鸟尽,良弓藏;狡兔死,走狗烹"的现象屡见不鲜,如越王勾践之对文种,汉王刘邦之对韩信等。对此,历史学家和社会大众都是众口一词谴责君王,认为他们忘恩负义,没有人味。可当历史一再重演,一句君心叵测、人性卑劣,就可以解释得了吗?如果这些帝王都是些反复无常的小人,当初怎么可能吸引那些能人异士到自己身边,并甘心为之驱使?问题症结究竟在哪里?

我以为,症结在于没有退出机制。

争夺天下之时,敌我矛盾乃主要矛盾,战胜对手、生存壮大为第一要务,因此,领导者容易在集团内部凝聚人心,共赴危难,一致对外。胜利后,内部矛盾上升为主要矛盾。内部矛盾主要集中在三个方面,一是对发展方向和路线的争议,二是对倚重对象的争议,三是对利益分配的争议。因为君与臣都无退出机制，解决矛盾的方式常常演变成你死我活的斗争，不是臣下杀了君王，就是君王屠戮功臣。因君王权势更大，当然是功臣倒霉的居多。

新主弑旧臣的问题，症结也在于此。大至国家，小至任何一个组织，新主上台，总会与前任有些不一样的治理思路，而旧臣们习惯了前主的做法，守旧拒新乃自然行为，这样，新主与旧臣的矛盾就会显化。至于解决的方式，于上述无甚区别。如果旧臣们有退出机制，解决矛盾的方式会文明许多。

当然，也有例外，如宋太祖杯酒释兵权，劝退昔日的有功之臣，且留下遗训，不得滥杀大臣。故终宋一朝，残害功臣、弑杀旧臣的情况少。但这样的情形，在中国历史上罕见。

问："狡兔死，走狗烹"是司马迁所说，难道司马迁说错了？

答：你这个问题后面有一个隐藏的结论，就是司马迁是不会错的。司马迁固然是一代伟人，但他的局限性也是毋庸讳言的。他命运坎坷，遭受大辱，利用手中之笔，对刻薄寡恩的帝王进行了控诉，但因此也就难免偏颇。如他笔下的汉武帝，读者感受不到一代雄主开疆拓土的风范，而是一个疑神疑鬼近乎变态的形象。再如他借范蠡之口说："蜚鸟尽，良弓藏；狡兔死，走狗烹。越王为人长颈鸟喙，可与共患难，不可与共乐，子何不去？"将越王勾践对有功之臣的迫害归结于命相，归结于不能共乐，史家见识不可谓高。当然，以上对"狡兔死，走狗烹"的解读是我的一家之言，欢迎朋友们批判。

关注"心灵感冒"

1997年，在世界精神病协会年会上，专家们认为，人类已经从躯体疾病时代进入精神疾病时代。世界卫生组织也曾预言，抑郁症将成为21世纪人类的主要杀手，会像感冒病毒一样在人群中传播。因为心理疾病的普遍性，西方社会将其称之为"心灵感冒"。

人类对躯体感冒已是再熟悉不过，轻者自服药物，重者请假休息或去医院就诊。但人们对"心灵感冒"还缺乏基本的认知，不少管理者仍沿用惯常的管理办法处理此类事情，不是处置不当，就是贻误时机，有的直至发生了极端情况，才不得不投入很大精力去善后。

我一大学校友，入校后不久，大家发现该同学行为有些异常：洗手洗得掉皮；用勺盛碗饭来回几十下；衣服要么不洗，要洗恨不能洗烂……可惜当时同学和老师都无心理健康方面的知识，总是以该生性格如此去对待，错失了早期干预机会，结果是该生没能毕业就被送进了精神病院。

据一朋友讲，有段时间，他的一名员工情绪反常，稍不如意，就口出狂言，说自己有几千个有职有权的朋友，想抓谁就抓谁，搞得周围的人都躲着他走，影响非常不好。朋友怀疑其精神方面可能有问题，但又不敢断定。于是，就约上心理咨询师与这名员工一起聊天。聊天结束后，心理咨询师断言，该员工不属于突发性精神疾病，是人格障碍所致。人格障碍与生活经历有关，是"三观"出了问题，认为完全可以对其批评教育或处理。朋友就对这名员工进行了严肃批评，并果断调整了其工作岗位。组织的处理使该员工冷静了下来。

某中央国家机关非常重视心理健康工作。从 2005 年起，就建立起了较为完善的工作机制。一是每三年进行一次心理健康普查，普查结果只向本人反馈，总体情况要向部门以上领导汇报；二是常年聘请数名资深的心理咨询师，每人每周有一天时间为员工免费开展心理咨询服务；三是每年安排两次在线心理咨询，为一些羞于门诊的员工提供线上咨询服务；四是为各部门培训了 1~2 名心理健康宣传联络员，负责日常宣传、与重点关注对象联系和为其服务等事务；五是形成了一套制度，如心理咨询师守则、应诊人员须知、重点对象危机干预制度、康复人员重回工作岗位制度、心理健康宣传联络员工作职责等。可以说，员工的"心灵感冒"得到了比较全面的呵护，也曾因干预及时，挽救了一名员工的生命。

在21世纪，关注"心灵感冒"，既是心理医生的职责，也是各级管理者要考虑的问题。

问：管理者有什么办法能够确认谁得了"心灵感冒"？

答：很难。这项工作政策性很强，既要了解国家的有关规定，还要具备相应的专业知识。要求管理者具备识别"心灵感冒"的火眼金睛，有些不切实际。所以，聘请具有资质的心理咨询师提供咨询服务是一条比较好的途径。

卷 二

与己同行

人生是趟旅程。这趟旅程既不可逆,又具有唯一性,还是一趟人们永不希望到达终点的旅程。

在这趟貌似热闹、实则孤独的旅程中,我们是多么渴望能有个伴侣一路同行。父母?不,他们终有一天会撇下我们撒手而去。兄弟姐妹?不,他们各有各的人生轨道。那一半?不,牵手时已经各自走过三分之一的旅程,且不大可能同时到达终点。于是,有人求诸信仰,希望与神同在。而我则选择与己同行。

与己同行,就是边走边审视自己,使理性的我与感性的我成为朋友。

每个人都会回头张望走过的路,问题在于是否经常。与己同行,就是要将回顾由点连成线,将偶尔审视变成为经常审视。

为什么要选择与己同行？

大多数人，从生下始，不是被父母牵着走，就是被生活的洪流裹挟着走，常常懵懵懂懂地度过一生。人是高级动物，与其他动物的本质区别，是具有思想的力量。旅程中，我们不仅要使思想力量在认识客观世界、改造客观世界方面发挥作用，更要在认识主观世界、改造主观世界方面发挥作用。

与己同行，可以校正人生方向。开车途中，人们会不停地调整方向盘，校正偏差。而许多人一旦被生活的洪流所裹挟，却疏于校正方向，不亦悲夫。

与己同行，也是赋予生活以意义的过程。回顾中，常常发现一些当时未经意的人和事，竟别有一番滋味，会生发出生活没有亏待自己的感觉。就像饮茶，只有从喝茶进入品茶的自觉之境，才会真正体会茶的美好。

与己同行，前方会有美好的事情发生。因为以往的经历有意义，人们自然会对前方有美好的期待，前方出现赏心美景的机率也会大许多。在经历的当下，也会更用心。

毛泽东与同时代的其他中共领导人相比，见识明显高出一筹，可能得益于他对中国革命斗争经历的深刻反思。陈毅在抗日战争时期曾对黄克诚说，毛泽东的伟大之处，在于他从不二过。不二过，不就是善于回顾总结，不犯同样的错误嘛？

"吾日三省吾身""我思故我在""反躬自省是通向美德和上帝的途径"……话不同，理同。

问：我觉得年轻人还是应该多向前看好。您说呢？

答：年轻时，总觉得前方的景色更美好，没见过的才是好风景。直到有一天，发现日常生活中，有完全不输于外境的美感、喜悦和祥和，那时对美好生活的理解肯定与心猿意马时不同。常回头看看，暗合孔夫子"学而时习之，不亦乐乎"的教诲，真正不亦乐乎。

还要做生活的观察者

近些年，我应邀担任过一些单位组织的演讲比赛评委，发现一些选手就演讲技巧而言，已具较高水准，与安徽台《超级演说家》、北京台《我是演说家》里的一些选手相比，并不逊色多少。问题多出在演讲内容方面，最突出的毛病是说理多，打动人的细节少。与演讲者交流，他们反映不是不想写，而是找不到。若干年前，中央电视台举办青歌赛，在选手问答环节，请选手们说一件感动的事，感觉他们除了痛失亲人之类的话题，就说不出别的什么了。平时，与一些同事、朋友聊天，问及他们过往岁月的情况，除了一些工作内容，同样少有鲜活的细节。看来，这在生活中已是普遍现象。

问题出在什么地方？是生活中没有值得记忆和回味的细节吗？显然不是。生活就像人们每天看到的天相，大的分类无非就是晴、阴、多云等，但事实上，没有哪一天的云影是相同的。同理，没有哪一天的生活是过去一天的完整拷贝，总会有新鲜的事情发生。看来问题出在我们是不是有颗敏感的心。

心理学家曾针对中学生写游记作文进行过研究。老师带领同学们游览一处名胜，分去前和去后提出写作文的要求。去前有要求的学生作文普遍细节较多，而去后才提出写作要求的学生作文，多为流水账，缺乏细节描述。

过往的岁月一片灰色，既与个体不善发现有关，也与当下的生活节奏快有关。人们被生活的洪流裹挟着，不由自主地茫然向前，生活中那些美好的细节常常也就一晃而过了。

我们多数人可能做不到使生活的节奏慢下来，但也并非全然束手无策。我的体会是，在经历生活的同时，还要做生活的观察者，就像带着写作的任务浏览景点一样。有此准备，人们的心灵才会像敏感的雷达一样，有可能捕捉到那些精彩的瞬间。

问：既是参与者，又做观察者，是不是太辛苦了？

答：无论是哪个领域，人生有所成就者，都是勉强自己而非放任自己的结果。这也许就是人生的意义所在吧。还有，苦是外人的想法，当事者可能反有乐在其中的感觉。

顺性而为　或能恒久

一天，家里来了对年轻夫妇，两人均炒股，没说几句，就聊起了股经。女士2015年获利20%，男的未说具体数字，但明显不如媳妇。男士自嘲说，要说下功夫，真比媳妇用功，炒股书看了不少，又经常听大腕讲座，可就是不如媳妇炒得好。他说主要原因是意志力不够强。他每买一股，都要设立赢损点，希望风险可控。但他说实际操作中，往往是到了赢利点，还想着多挣一些。到了止损点，又舍不得割肉。他说几次都是股价到了赢利点，已经出来了，可看到股价还在上扬，就忍不住又杀进去，结果股价开始下行，直到把原来挣的都给吐出去。而他媳妇则是到了自定的赢利点，绝不贪恋，每次虽然赢利不多，但累积下来，获利还是比较理想。

类似这位朋友自控力弱的情况并不少见。比如，有朋友声言要减肥，几年过去了，依然如故；有朋友学英语，几年下来，进步没有退步多；还有的记日记，记来记去，时间不长，日记本都不知扔到哪里了。

但还是有人表现出超强的自控力。比如窦文涛，自1998年4月1日做《锵锵三人行》电视节目始，每个工作日都要做一期，至今已经连续做了6000多期，创造了电视人的神话。还有郑渊洁，自从1985年5月《童话大王》创办始，每天清晨4：30至6：30是他雷打不动的写作时间，迄今已经连续写作30余年。真令人叹为观止。

有些人自控力差，而有些又堪称超人。难道说那些长于坚持的人可能真有异于他人的禀赋？人的意志力可能有差别，但应该不会那么大，那么最大的可能还是所做非所欲。还以这位炒股男士为例，他在本职工作上就做得很好，堪称青年才俊。

我十分欣赏英国著名文学家毛姆的一句话，他说：美好之人生，不外乎各人顺其性情，做好分内之事。

问：我认为炒股最重要的是随大势，您以为呢？

答：我发现，只要说到炒股，就会成为热议话题。这篇文章引起的反应也不例外，留言明显热烈。看来，利益是人们百试不爽的兴奋剂。

我不炒股，主要原因是没时间，更无兴趣。上班时间不能炒股，休息日忙爱好，爱好又远比炒股吸引力大。

中国股市是个消息股市，有可靠的消息来源，想不赚都难，而没有消息来源的多是贡献者。可架不住中国人多，且自认为有能耐者也多，就这样一茬茬前仆后继，撑起了中国股市。

我将炒股比作上班，试问世上有几人不是上班一族？绝大部分上班族工作一辈子，多是混个小康，有几个靠上班成为地主老财的？炒股同样，辛苦一番，运气好可能挣点钱，但能炒成地主老财的绝不会多。想明白这个道理，再考虑炒还是不炒。

增加阅历也是为了遇见更好的自己

一天，参加某部门组织的青年论坛，5位援建京外单位归来的同事，分享了他们的工作感受。他们克服了生活和工作上的诸多不便，努力工作，真诚奉献，受到援建单位的肯定，同时个人在能力提升方面也都收获多多。这使我想起了百岁老人杨绛的一句名言："读书是为了遇见更好的自己"。其实，增加阅历同样能够遇见更好的自己。

我所工作的单位，是个专业性很强的机构。不少同事从进单位始，就年复一年地做着重要但又单调的工作，一些人就这样一直干到退休。近几年，为适应事业发展的需要，单位在京外建了多个机构，急需有经验的专家担任管理骨干和业务导师。不少青年人为了响应援建号召，同时也是为了给自己一个机会，就加入了援建行列。他们在京外机构工作期间，要承担行政管理或业务上指导新人的工作，这对于缺乏这方面历练的他们，是个不小的挑战。他们没有让人失望，在新的工作岗位上，他们迸发出的激情和才华使人惊讶。不少人在原部门，不显山不露水，但在京外机构工作期间，就像换了个人，朝气蓬勃，头角峥嵘。其中一同事告我说，顶着压力，小心应付，当一路走来，发现自己也有其他方面的能力，比如带好一支队伍，那种开心和满足无法形容。我想，这些不就是新的阅历使得他们遇见了更好的自己吗？！

问：请问到底是脑袋决定屁股，还是屁股决定脑袋？

答：脑袋决定屁股是唯心主义，屁股决定脑袋是唯物主义。一个人未经实际历练，说有多大本事，总是令人起疑。

兴　　味

兴味，指对事物有较强的好奇心，有探索了解的欲望。

少儿时期，周遭的事物都是新鲜的，小伙伴们会乐此不疲地探索和讨论新鲜事物，不停地向大人问为什么。随着成长，人们忙于生计，对非关生计的事物兴味渐淡，慢慢变成了一个无趣的人。在无趣人的眼中，这个丰富多彩的世界就只是一个无趣的黑白世界了。

古人中，苏东坡是个有浓厚兴味的人。他的一生辉煌过，也倒霉过。有在朝中做大官的经历，也有数次被流放到蛮荒之地的经历。但他从不怨天尤人，总是以乐观的心态从容过活。他爱好广泛，琴棋书画诗酒茶无所不涉。与三教九流、平民百姓多有往来。他是我们学习的好榜样。

当代人中，我想举一个白族老人的例子。近几年去过云南大理的朋友，大概都见过人民路上有一个摆摊卖诗集的老人。这个老人原名张继先，还起了个笔名叫北海，70多岁了。他从1994年始，骑行中国，游历了20多个省份，总行程10万余里；2003年至2013年客居广州，卖诗为生。现已回到家乡，在大理街头卖诗兼卖菜。不要担心老人的诗集卖不出去，养活自个儿没问题，还因此被同行称为"中国最挣钱的诗人"。这个老人就是个有兴味的人。他也是我们学习的好榜样。

那么，怎样才能做到童心不泯，保持人生的兴味呢？

我以为，首先要身体好。强健的身体是兴味的源头，是支撑兴味的基础。身体强健，精力充沛，就会主动寻找乐子。身体不好的人，一天到晚打不起精神，应付日常生活和工作都无心无力，怎么可能对其他的事物感兴趣呢？

其次应好 [hào] 读书。读书可以扩大人的视野，可以知道有趣的人、有趣的事，是了解兴味、扩展兴味和深入发展兴味的重要方式。

再有，就是要交友。朋友所好，是最好的现身说法，往往影响人们的兴味选择。我的一些爱好，如滑雪等就是在朋友们的影响下上路的。

苏联教育家苏霍姆林斯基说:"人的内心有一种根深蒂固的需要——总想感到自己是发现者、研究者、探寻者。在儿童的精神世界中,这种需求特别强烈。但如果不向这种需求提供养料,即不积极接触事实和现象,缺乏认识的乐趣,这种需求就会逐渐消失,求知兴趣也会与之一道熄灭。"我衷心希望朋友们的兴味之火能够熊熊燃烧,做个有兴味的人,以体验人世的诸多美好。

※

问:请问您有哪些爱好?

答:我是个泛爱主义者,诸如对读书、藏书、唱歌、品茶、禅道、赏石、乒乓球、滑雪等多有兴味,有些方面就时间而言付出很多,但依各业专家标准看,仍属门外汉。

"里面"与"外面"
——从女教师的辞职信说起

2015年4月,河南实验中学某女教师的一封辞职信,因其辞职理由独特浪漫——"世界那么大,我想去看看"被称为"史上最具情怀的辞职信"。数天时间,就火遍了微信朋友圈及各大媒体。

很快,唱反调的文章出现了。先是"世界那么大,到哪儿都一样"出现在朋友圈,我看的时候阅读量已经到了73316。然后是熟面孔《根本没有外面的世界》又漂移回来,该文的阅读量已到了10万+。下面自问自答几个问题,也凑个热闹。

第一个问题:到底有没有外面世界?

当然有。如果没有外面,也就不会有里面。里面、外面是相对而言，缺哪个逻辑上都讲不通。一般而言，我们日常生活的地方是里面，如某个县市等。那么，外省市就大体上可称之为外面。

第二个问题：里面外面到底同不同？

既相同也不同。说相同，都是人生活的地方，都追求七情六欲的满足。太阳底下没有新鲜事，说的就是这个理儿。说不同，那差别又大了去了。满足七情六欲的方式各不相同。记得第一次去陕西，看到"房子半边盖"，惊讶得说不出话来，怎么也想不明白为什么要这样盖房子。待看到"地坑院"就更是稀罕了。这还是形而下的差别，至于人们观念上的差别之大，就更是令人瞠目结舌了。中国的独龙族仍有纹面女在世，他们的美貌观就与我国其他民族截然不同。更别说非洲、南美洲一些部落更为奇特的风俗了。世界之大，当真无奇不有。不出去看看，还以为自个儿的生活方式是天经地义的呢！

第三个问题：该不该去外面看看？

当然该去。有条件的话，看个够才好。我很理解郑州的那位女教师，工作 11 年了，出去看看是人之常情、理所应当。人要是一辈子没出去走走，也许自感幸福，但那是小确幸，质感要差许多。

第四个问题：欲走还留，心情纠结怎么办？

有此心情，当属正常。那位中学女老师不也坚持工作了 11 年么？我相信她不是心血来潮写的辞职信。这么大件事，可能在她脑海中已经斗争了许多个回合。

灵魂可以远走高飞，可我们的肉体需要吃喝，需要安逸，更别说还有父母、老婆/老公、孩子、社会责任等一堆的牵扯了，这些都是我们欲走还留的原因。这些事解决不好，那结果将会是人在外面，心在里面，身心分裂，不好玩，也玩不好。有句话，忘了是哪位大家所说，大意是无论走到哪里，都无法回避自己。一句话，心若不安，走到哪里不是遭罪？

问：我也想走，老师能否推我一把？

答：我们常常嘲笑布里丹教授养的那头驴，徘徊在两堆草之间，不知如何选择，最终竟然饿死。有时想想，我们真比那头驴聪明吗？在这件事情上，我没做推手的资格，还是你自己选择吧！

发财靠什么

大家都知道,"同床异梦"是个贬义成语,用来形容夫妻之间貌合神离。其实,就字面意思而言,倒符合客观事实。除了神怪传闻,还没听说哪对夫妻做过同样的梦。但有一个梦,我想全人类可能都做过,那就是"发财梦"。

自从钱被发明出来之后,人间万象的背后,几乎都有这位孔方兄的身影。无论是诅咒它,还是赞美它,人们在内心深处,还是都希望多多拥有孔方兄。那么,发财靠什么呢?

发小财靠勤奋。起早贪黑地经营个小店,勤勉地上班工作,在一个正常的社会里,衣食无忧应该不是问题,但也仅此而已。不少财富大家的原始资本也多是这么来的。

发中财靠才智。在衣食无忧的基础上想进一步,日子过得更自在一些,仅靠勤奋是不够的,得靠才智。教授、医生、工程师、律师等靠自己的才学，就能过上比较体面的生活。当然，大牌教授、医生、工程师、律师收入相当可观，又远超同行平均水平，超出的部分，光靠才是不行的，还得靠智，是智慧使他们在同行中脱颖而出，才有可能挣到更多的钱。

发大财靠运势。想发大财，占据财富的宝塔尖，需成为社会大潮的弄潮儿才行。远的如工业革命，催生了一批财富巨人，如美国的洛克菲勒、福特等。近的如信息革命，又催生了一批世界级的财富巨人，如扎克伯格、马云、马化腾、孙正义等。

问：发大财真有运气的成分？

答：没错。想发财的人都想踏上浪潮，并冲到浪尖上。可是判断浪潮何时到来，是大浪还是小浪，既需才智，也需运气。当今中国的财富巨头，经营房地产的占比不小，由此不难理解运气的重要性。

意识与彩虹
——读《思维世界的语言》

阅读心理类书籍,是我的读书偏好之一。原因嘛,当然是对主宰我们的大脑着迷。想想看,如果我们能够搞清大脑的秘密,那什么认识自我、改变自我的,还不是小菜一碟。

一天整理书柜,翻出了《思维世界的语言》这本书,重读了一遍。说是重读,不如说是新读更恰当。这本书是在国内出版的当年,即2001年买的。多年过去了,如今看着书中曾经画过的道道圈圈,寻遍大脑竟然毫无印象。用心理学的术语说,就是"短期记忆"没有变成"长期记忆"。所以,说是新读未尝不可。

这本书36开,袖珍版本,方便携带;内容通俗,是大家所作的科普读物,且每页都有图,读来比较轻松。读完之后,能对心理学的基本历史和范畴有个大概的了解。

说说几点印象深刻的,与朋友们一起分享。

"两条路线的斗争"将长期存在。心理学被称之为科学,是以1879年冯特先生在德国莱比锡大学开设第一个心理学实验室为标志。何谓科学?简单说就是对现象的解释不依赖于人的主观,而是靠实验说话,实验他人还可重复。但人的心理,又是极其复杂的,如心理疾病,直到今天,还主要是靠个体用主观语言来描述。一方面是科学强调客观,另一方面又不得不依赖主观,二者从心理学建立之初一直对立到今天,已经打了100多年的仗,且还可能继续打下去。搞实验心理学的,认为自个儿是正宗,是真科学;搞心理健康的社会需求量大,挣钱多,底气也不虚。美国心理学协会和心理科学协会,就因此多年来分分合合,斗争不断。

意识类比彩虹。神学家们曾经将意识或灵魂视为神的创造,而现代神经学家则强调它们不过是大脑中物理和化学反应的产物,与神无关。为强调之,以彩虹作比,说美丽而奇异的彩虹实际只是光线和水汽交织的产物。此比喻,生动绝妙。赞!

丘吉尔是抑郁症患者。书上说,平均每9名男子和6名女子中就会有一个人,在他们的生活中曾经出现过临床性抑郁。"临床性抑郁"不是指生活中因某些打击而引起的暂时性悲伤失意。事实上,如果人们失去了工作,离了婚或丧失了亲人，那么感到抑郁是正常的。一般情况下，多数人几个月内就能康复；而有些人恢复起来则极其缓慢，或是陷入绝望的境地，这种情形方可诊断为临床性抑郁。作者说，大多数人的抑郁期一般不超过6个月，且复发率小于50%。书中有幅图是丘吉尔被夺去烟斗时发怒的那张著名肖像，旁边的注解是："忧郁可以削弱人的力量，但并不一定使人意志消沉。著名的英国首相温斯顿·丘吉尔就是一位抑郁症患者，他将自己沮丧压抑的心情称为他的'黑狗'"。

人类会和心理学家一直捉迷藏吗？心理学家的职责是拨去人类心理上那层玄玄乎乎的面纱，看清人类心理的真相。而人类有几位愿意把自己最真实的一面袒露给心理学家，使他们一览无余呢？古人都说了，论迹不论心，论心世上无好人。我们每个人都有不想让他人窥知的秘密。所以，人类个体会继续与心理学家们玩捉迷藏的游戏，心理学家则会利用日渐发达的技术手段，千方百计地看清我们心理的真相。我想，我们所有人的期望，是不是都是想看清别人心理的真相，至于自个儿的则隐藏得越深越好呢？

问：催眠术属不属于心理学范畴？

答：这个问题争议较大，最好问专业老师，我对这个问题同样含糊。

吵架也有规矩

柴静《穹顶之下》公益调查记录片引起广泛争议，顶赞与批判两个阵营人气都很旺。双方的文章我看了不少，有些文章确实不错，有理有据，但也有不少文章明显情绪大于理性，仿佛吵什么不重要了，重要的是吵。

其实，吵架也是有规矩的。《心理学最佳入门》这本书有较为详细的介绍，我将要点分享给大家，方便大家学会吵架。

①只有非常少的"真理"不需要通过实验来检验。比如人们接受的宗教信仰以及一些价值观念等，无需通过实验来检验。再如平面几何中两点之间直线距离最短，也属于不需要通过实验来检验的真理，余则均需证据的支持。人们不应该接受任何事物的表面现象，而应该问问："你是怎么知道的？有什么相关的证明？"

②不是所有的证据都是有效的。批判性思维最重要的步骤之一，也是常常被忽视的一点，是应当在断定证据很好地支持了某些观点之前，对证据是如何被收集的做出评价。

③某些人被认为是权威，并不意味着他们的观点都是对的。人们应当相信证据，而不是盲目地接受专家的言论。需要想想，证据合理吗？有其他解释吗？莱纳斯·鲍林是两次诺贝尔奖的得主。他建议补充维生素C来预防普通感冒，但是科学证据总是无法证明他的观点。还有，钱学森是大科学家，他关于一亩地可以打数万斤粮食的说法至今没有被证明。柴静是知名记者，并不意味着她的观点都是可以接受的。

④批判性思维需要有一个开放的思想。有怀疑精神是好的，但不能完全不理会那些实际上有可能发生的事情。早期的美国专利商标局曾经驳回了关于飞机的专利申请，理由就是不可能有比空气重的东西能够飞起来。专利审查员就没想一想，鸟比空气重不也在空中飞吗？再如，迄今为止，我们还没有在其他星球上找到生命的证据，但不能就此认为没有外星生命，我们还得继续找下去。既不能完全不信，又不能轻信，我们需要小心地平衡怀疑性和可能性。

了解并掌握以上几点，或许对朋友们围观或参与吵架有所帮助。

问：您对柴静《穹顶之下》怎么看？

答：赞！

李光耀是个不平凡的人

2015年3月23日,李光耀先生去世。

一个弹丸之国的前元首的故去,牵动了全世界政治家和媒体的神经,足见此人的不平凡。

李光耀确实不平凡。他把一个几乎没有任何资源、没有任何家底的新加坡,治理成了东亚的商业枢纽,进入发达国家行列。近50年来,发展中国家成功进入发达国家俱乐部的寥寥无几。

李光耀确实不平凡。他创立了新加坡模式,这对于一个政治家来说,能将自己的治理实践,上升到模式的高度,应当是最高的褒奖了。他的政治遗产不仅将继续影响新加坡,还将在中国、亚洲乃至全世界继续产生影响。

李光耀确实不平凡。他不仅有成功的治国实践，而且对国际政治卓有建树。他在西方人眼里是中国通；在中国人面前，是西方通。他成功地扮演了东西方桥梁的角色。

李光耀确实不平凡。他在中国有着不可小觑的影响力。在中国人眼里，李光耀总体上是个对中国比较友好的政治人物。尤其是他的华裔身份，使中国人对他有着天然的好感，把他视为中国人民的朋友。但有时，他说的话又让中国人不舒服，甚至感到刺耳。其实，他的所有言行，都是为了新加坡的利益。说中国的好话，是为了新加坡；说些中国人不爱听的话，还是为了新加坡。想明白这一点，为此纠结者大可释然。

不管我们喜欢也好，不喜欢也罢，这个世界上少了一位了不起的政治家，少了一位可以作为我们镜子的人。

愿李光耀先生一路走好。

问：同意您的说法，李光耀的一切政治活动都是为了新加坡。我想问的是难道国与国之间只存在赤裸裸的利益关系吗？

答：虽说遗憾，但基本如此。如有道义，也多是利益的包装品而已。

中国人受儒家思想的影响，自觉或不自觉间，常将利益与道义对立看待。其实，利益与道义并不总是对立，经常是可以调和的一对矛盾，就如商人为了赚钱做买卖，不也便利了世人吗？

还有，相比虚无缥缈的道义，利益是人们之间，同样也是国与国之间实实在在的纽带。有利益在，关系就不会坏到哪里去。彼此之间没有了利益交织，友谊的小船才有可能说翻就翻。

李光耀是个实事求是的人

当代中国，稍微有点政治常识的人，无不熟悉"实事求是"这句成语。毛泽东一生都在倡导，还亲笔题名将其作为中央党校的校训。邓小平著名的"猫论""摸论"，更是"实事求是"的生动写照。按理说，一切从实际出发是很简单的道理，可领袖们却再三强调，看来简单的事情，想要做好，还真没那么容易。

人类发明文字被认为是文明起源的重要标志。有了文字，历史变得可以触摸，人类知识得以传承。但是，有得必有失，文字的副作用也不能小觑。我以为，所有的读书人都有文字障（此障非指认识理解文字困难，而是指被知识困住），区别只在轻重而已。衡量一个人的智慧，绝不在于读书的多少，而在于解决问题的能力高低。而要解决生动鲜活的实际问题，既要靠已有知识作引导，还要能够真切地认清现实，尤其是在解决与人相关的社会问题方面，不为理论所限尤为重要。

解放战争时期，东北战场，林彪率领的第四野战军打败了不可一世的廖耀湘兵团。廖被俘后，不服气，说林彪不按规矩出牌。林对周围的参谋们说，他倒是按规矩出牌，却打败了。在生死攸关的战场上，人们都有可能跳不出规矩，何况其他场合？

我建议大家读读《李光耀——论中国与世界》这本书。在第九章"我对这个世界的看法"中他说了这么几段话：

"我的人生不是依靠哲学或某些理论指导的。我把事情办好，让别人从我的成功之道中总结理论或原则，我不会搞理论。相反，我会问：怎样才能做好这项工作呢？如果我在查看一系列解决方案之后发现某个方案切实可行，那么我就会努力找出这个解决方案背后的原则。"

"我们不是理论家，不会搞理论崇拜。我们面对的是实实在在的问题，人们要找工作、要挣钱、要买食物、要买衣服、要买房、要抚养孩子……我们可能读到过什么理论，也许半信半疑，但我们要保持现实、务实的头脑，不要被理论束缚和限制住。如果一个方案行得通，我们就实施，这样才有了新加坡今天的经济。"

"我认为，一个理论不会因为听起来悦耳或者看起来符合逻辑就一定具有现实可行性。一个理论最终还是要放在生活中检验,也就是要看现实生活中出现了什么,要看能给一个社会中的人民带来什么。"

李光耀先生是个有建树、有见地的政治家。他的建树是基于新加坡的实际采取了合适的治国方略。他的见地是源于治国实践,而非对某种理论的解读。在此大段引用李光耀先生的话,不是为了凑字数,而是深感李光耀先生说得好,值得所有管理者学习和借鉴。读死书,书读死,最后的结果自然是"死读书"(死在读书)。

实事求是难在何处?一是先入为主,戴着有色眼镜看问题,怎么可能看清真相;二是思维定势,被头脑中装的东西框住了,认为不那么办就是大逆不道;三是畏书本、畏大人言、畏专家言、畏众人言,进而怀疑自己的看法及选择;四是私心作祟,知道真理却不敢坚持真理。有此四端,谁还敢说坚持实事求是不难?

问：您能做到实事求是吗？

答：尖锐的问题。我是个读书成瘾的人，受益良多，但毛病也大。论述一件事情，想做一件事情，总习惯找依据，也即理由，否则就无底气。能就实事求是这个话题与大家一起讨论，说明我对实事求是的重要性有所认识，总希望有些长进，也希望大家与我一起进步。

毛泽东何以能够高瞻远瞩

在中国，对毛泽东的研究与理解是个常说常新的话题。对管理者而言，毛泽东的理论与实践更是一座宝库。一次读书时，看到一则史料，说是抗日战争时期，驻延安的美军观察团重要成员谢伟思对毛泽东在延安军民中享有的崇高威望不解，于是走访了多位共产党的高级领导干部，在这些人描述的毛泽东的特质中，最为人们普遍推崇的就是毛泽东的"高瞻远瞩"。想想毛泽东的革命实践历程，应当说这一评价当之无愧。但对毛泽东何以能够做到"高瞻远瞩"，则成了一个长期困惑于心的问题，我曾试图给出答案，感觉总不到位。

一次，参加国家行政学院培训，老师讲授的题目是"国学与创新思维"，大家普遍反映讲得不好。原因有二，一是逻辑性差，不具说服力；二是此公偏爱易经、阴阳之道，讲得神神道道，令正统的中央国家机关司局长们难以接受。但其中的一个知识点却引发了我的强烈共鸣。这位老师说，有次他请教一位在军校讲授毛泽东哲学思想的老先生，请其用一句话来概括毛泽东哲学思想的精髓。老先生沉思了一会儿，引用毛泽东《实践论》中的一段话作了回答："感觉到了的东西，我们不能立刻理解它，只有理解了的东西才更深刻地感觉它。感觉只解决现象问题，理论才解决本质问题。"写这篇文章时，此事已过去数年，但这番话当时对我的震撼仍记忆犹新，原因就是这句话一下子廓清了我对毛泽东何以能够高瞻远瞩长期思而不解的迷雾。毛泽东被外国学人称为"哲学王"，我想，他的高明之处应当是源于他的哲学修养，源于他对理论与实践这一矛盾范畴的深刻理解与运用。是他的哲学修养，使得他能够透过事物现象看到本质，从而把握事物发展的规律，做出正确的应对之道。

℘Ω℘

问：您对毛泽东是不是特别推崇？

答：对于毛泽东的评价，中国共产党十一届六中全会上通过的《关于建国以来党的若干历史问题的决议》已经有了定评，且经受住了改革开放以来风风雨雨的检验，我个人也非常认同。

我想说的是，对于毛泽东之后的中国人而言，无论你颂扬他还是反对他，毛泽东都是一座绕不开的高山。因为它是从我们这个民族、我们这个文化中走出的巨人，他身上的优点和缺点在你我身上也都不同程度地存在着。毛泽东已经故去多年，理性地看待、研究毛泽东，无论是对于我们个人还是中华民族，都将是一件十分有益的事情。

问：我认为坚定的革命信仰是毛泽东成功的最核心要质，您说呢？

答：我不认同您的观点。那一时期的中国共产党人，普遍具有坚定的革命信仰。毛泽东能够从中国共产党的领导群体中脱颖而出，取决于他的特质，而这种特质又是那个时期中国共产党人最为需要的。我想除了他的高瞻远瞩之外，其他答案的说服力不够强。

问：我也经常思考人生，但别说远视，近视都不清楚为什么？

答：人类的行为模式基本相同，即接受外界环境的刺激，经过大脑加工，然后在行为上做出反应，即刺激—加工—反应模式。在这个星球上，每个行当都挤满了人，就受到的刺激而言，相差不大。故而，能够脱颖而出者，我想多不取决于刺激环节，而主要取决于居中的"加工"环节。对信息的加工能力，导致了最终不同的行为选择。就像沙子，可以不经加工直接作为混凝土原料使用，也可以提炼成玻璃，还可以生成芯片的基板。您所短的可能就是信息加工能力。而要想补上这块短板，则需要大量的阅读及一定的阅历。杨绛老先生在回答一位青年人的困惑时说："你的问题主要在于读书不多而想得太多。"信哉斯言。

评价标准变了，知道吗？

每年都要接触一些职场新人。有的适应快，很快找到感觉。有的则步履艰难，三五年过去了，依然没有头绪。自己也曾是新人，当年属于后者。作为过来人，有那么点心得与朋友们分享。

学生时代，评价标准单一，就是一切以成绩说话。虽说学校强调德、智、体、美全面发展，强调素质教育，但中国学生都知道，成绩不好，一切归零；成绩优秀，啥都好说。

对应于单一的成绩评价标准，学生生涯又体现出两个特点：一是自主性，成绩好坏基本取决于个体，与老师、同学关系不大；再是客观性，即使不受老师、同学待见，只要成绩好，老师、同学也无话可讲。

职场评价标准则完全不同于学校，主要区别是评价标准的多元化。有人会说，职场也是要完成任务呀，完成任务情况不是可以比较吗？问题是许多工作无法像学习成绩一样量化，即使能够量化，也多是基本任务，绝大多数员工都能完成，依然存在如何比较的问题。

以我所在单位为例，职工除完成基本工作任务外，参与课题研究、教学、带新人、公益活动及与同事关系等，都是评价因素。因基本工作任务大家都能完成，上述各项反倒成为重要的评价因素了。

以与同事关系为例，职场上许多工作需与同事配合才能完成，个人的升迁需要得到多数同事认可才能落实。因此，学会生活上关心同事，工作上配合同事，对个人的职场生涯无疑是有利的。

学生时代，主要靠智商打天下；职场生涯，既要靠智商，还得靠情商，且情商所占比重可能还要重一些。

问：情商不高怎么办？

答：靠看书提高情商用处不大。实际工作中吃得苦头多了，情商自会提高。

破除"我执"

江山易改，秉性难移，道出了人性改变之困难。我对此观点有个从认同到怀疑的转变。

认同是因为都这么说，也就以为是真理。怀疑呢，是因为发现不少管理者到了管理岗位之后，或多或少地改变了自我，较好地适应了管理岗位的要求。经认真观察和与众多管理者接触，发现在排除环境因素后，管理者的变与不变与如何看待自我有很大关系。

天底下，除了尚不知事的幼儿，所有人都明白的一个事实是——世界上没有一个与我相同的人。即使是双胞胎或多胞胎，性情上也会有差异。结果就是大家都认为"我是一个独特的存在"，这一观念可谓根深蒂固。试想，如果世界上还有一个与你我一模一样的人存在，那将是很荒诞、恐怖的情景。施瓦辛格主演的电影《终结者》中，有个克隆人生活在他家里，那种感觉一定不好受。

"我是一个独特的存在"虽说是事实，但却极易造成观念上的一个误区，即认为改变自我就是丧失自我，这是一些管理者调整不到位的重要原因。佛祖对此认识最为到位，他说："烦恼障品类众多，我执为根，生诸烦恼。若不执我，无烦恼故。"

毛泽东在破除"我执"方面给管理者带了个好头。毛泽东是个读书人，但却不唯书，注重从中国革命的实际出发考虑问题。从毛泽东的文风也可见一斑。毛泽东有很高的文学修养，但他的文学修养主要体现在抒发性情的诗词方面，而面向党内、军队和社会大众的文章，则浅显易懂，明白如话。

管理者须认识到，改变是成长过程中必须接受的事实。人类的祖先，如果不改变自我，可能至今仍是靠四肢爬跳的猴子。人的一生，又何尝不是在改变之中？婴儿断奶是改变，蹒跚学步是改变，被关在教室里不能自由活动是改变，与同学相处不能任性而为是改变，组建家庭是改变，与天南地北的人共事是改变……一个人如果拒绝改变，结果可能仅在生物学意义上被称之为人，而非社会学意义上的人。改变，如果不是去做坏事、当恶人，而是去做对社会有益的事，就应当下决心改变自己。在改变的过程中，人们失去的是天性的枷锁，获得的则是不断丰富的世界。

问：大家都被改造成相似模样，个人活着的意义又究竟何在？

答：尖锐的提问。从生物学意义上说，个体之间的差异永远存在。说句玩笑话，因为上帝不希望出现人人相似的结果。如果连主宰者都分不清，那麻烦可就大了。

从社会学意义上说，由于全球化进程的加速，人类在走向趋同。看相同的影视剧，吃相同的汉堡包，坐相同的汽车、飞机，用相同的手机、电脑等，这些无不在导致文化的差异性缩小。人类趋同的动力是希望减少人类交往的障碍。人有此心，大势所趋。

那么个体活着的意义在哪里？人类社会发展到今天，个体在生物学上的意义，如传宗接代、为家族服务等，早已被社会学意义所超越。而从社会学角度探究个人生存的意义，标准只有一个，即对社会的贡献度。一个人对社会贡献越多，他的生存就越有意义。一个人如果对社会无所贡献，充其量只是活过而已。从佛教在中国的演变也可说明这一点。佛教早期在中国的传播，强调自我觉悟（其实能够自我觉悟已是非常不易，对社会同样有贡献），后来演变为不仅要自我觉悟，还要觉悟他人、大众，中国自此成为大乘佛教的故土。

一个组织为客户、为社会创造的价值越高，其存在价值就越大。在组织发展的过程中，管理者的贡献度则通过组织对社会的贡献度得以彰显。组织对社会的贡献度越大，等同于管理者对社会的贡献度越大。那么，管理者为了提升组织对社会的贡献度，委屈自我，改变自我，适应环境，这个过程就是管理者生存意义的最好彰显。

当代社会，可能除艺术之外，要想对社会贡献大，更好地彰显自我，依靠组织是不二之选，因为只有组织才能将每个人的才干发挥到极致。这看似悖论，却是事实。毛泽东再有本事，能靠一人之力推翻国民党统治？乔布斯再神，靠一人之力能造出苹果手机？一滴水，要想彰显水的特性，还是融入大江大海为上策，否则，可能瞬间即蒸发。

情与理

情（感情）与理（制度）的关系，是管理中经常遇到的一对矛盾。

三国魏、蜀、吴三方，魏王曹操雄才伟略，是个依理施治的高手，手下谋士如云、猛将如雨，奠定了统一的根基；吴王孙权则情理兼用，守业不错；刘备是用情的高手，前有刘、关、张桃园结义，后有赵云面前摔阿斗，惜乎诸葛一死，人才匮乏的局面即显，在三国中最先败亡。由此看来，重情者败。秦王朝苛刑峻法，仁义不彰，成为短命王朝，又印证了重法者亡的道理。

是重情还是重理？其实，中国两千余年王朝史，除却短暂的非常时期，承平日子里，基本为儒表法里，即情理并行。没有法制作为里子，单靠仁义，可能没几天就得散伙。社会缺乏仁义的滋润同样难以维系。

西欧、北欧除法、德外，多保留了皇统。皇室不理政务后，很大程度上担负起了统治中亲情的一面，对刚性的法统是一种平衡，因而受到百姓的欢迎。难怪英国威廉王子生个儿子，都能使英国举国狂欢。

组织中的亲情靠什么体现？靠文化。文化可以担负起平衡制度的功能。对一个组织而言，和谐的文化氛围与严格规制可以并行不悖，人们可以在文化的温情中，释放被制度压抑的情绪。

就管理风格而言，刚柔兼济最为理想。在这方面，邓小平为我们树立了榜样。"文革"后期，面对近乎窒息的社会局面，毛泽东把邓小平请回中央，在任命邓小平为政治局委员、中央军委委员时说：我送你两句话，柔中寓刚，绵里藏针；外面和气一点，内部是钢铁公司。应当说，这既是期许，也是知人之论。没有柔，邓小平很难度过艰难的"文革"岁月，也很难有机会复出；没有刚，则也难有后来的拨乱反正和改革开放。

问：不知这个度如何把握？

答：偏情还是重理一则与组织性质相关，如军队重理，慈不掌兵；机关事业单位相对重情；企业则是大企业重理，小企业重情。另则还与组织境况相关，如非常时期不下猛药可能还真治不了病。

何时用情，何时依理，无一定之规。用岳飞的话讲，就是运用之妙，存乎一心。这关乎艺术，而非技术，管理者须经多年磨炼，才有可能达此境界。

生命中的加减法

数学是人们在实践基础上总结出来的抽象知识,加减法又是其中最为基础的入门知识,基本上是人都会。但反观实践,却发现人们在这个基本问题上又常常犯错。

卵子和精子相遇,有了人之初,依靠母体吸取能量,成为胎儿。出生来到世上,向大自然不停地索取阳光、空气、水和食物,向亲友和社会索取满足生存需要和舒适需要的几乎数不尽的东西。上述是个"加"的过程,不如此,生命无法存活或更舒适地存活。因为"加"的过程伴随人类始终,也就极大地强化了人们的索取欲望,近乎成为人之本能。于是,人们就理所当然地认为,人生只有"加"没有"减"。

其实,人生既是"加"的过程,又是"减"的过程。只"加"不"减",生命同样会终结。以呼吸为例,呼吸是生命存在的主要特征,即使在睡眠状态,人也是一呼一吸,有出有进。不知国人的老祖宗是有意还是无意,发明的"呼吸"一词,是呼在前、吸在后,是不是想提醒人们,莫要忽视"减"的重要性呢?

物质层面只"加"不"减",过度索取,已经毁了不少人,还将有许多人步他们的后尘。精神层面只"加"不"减"问题同样严重,只是不大容易被人们警觉。

精神层面的"减"不是指如何将所学回报社会。回报社会是个人价值的体现,是"加"。"减"是指去除人性中那些阴暗的东西,如自私、胆怯、气度狭小等恶念及不良行为模式。

人的一生,因终点是死亡,是归零,是虚无,其实充满了悲壮的色彩。行得越远,身上可能背负的东西越多。那些东西,是以往生命历程中留下的包袱。别以为经历了,也就过去了。不,不会,特别是那些曾经强烈的伤痛,心灵上会留下明显的痕迹。看看那些未到天年而中途倒下者,有几个不是被过往的负累压垮?再看看那些没有倒下者,有几个不是背着沉重的包袱,在拖泥带水般地前行?

什么是智者?智者就是在生活的过程中,能够及时扔掉精神垃圾的人,能够始终轻装前行的人。这也许就是老子说的"为道日损"吧?

"竹密不妨流水过,山高无碍白云飞",以前只是觉得意象美,对其禅意似懂非懂。现在,似乎有点懂了。

问:如何才能做到放下?

答:直面伤痛,不去回避问题。麻烦不会因为眼睛闭上就会消失。再是要通过历练,锤炼精神刚度,淡化那些伤痛。当然时间也是一剂良药,一些当时看来天大的问题,时过境迁,会发现也就那么回事。至于如佛般万事如浮云、云去境自空的境界,似不是你我凡夫可达的。

生活中的相对论

相对论是爱因斯坦的伟大发现，在自然科学史上具有里程碑意义。但道理深奥，非专业人士难以明白。可生活中的相对论现象如果稍稍留心，则比比皆是。

2016年元旦期间，我和朋友两家人，兴之所至，到附近新开张的咖啡馆消费了一把。那天，两家人聊得开心尽兴，感觉超值。

有个做生意的朋友，请一客户吃饭，没承想，谈成了一笔原本没指望的生意。一高兴，将店家找的零钱当作小费赏给了服务员。

单位请了一位大师级人物与员工交流。看得出来，大师经常串场，疲于应付，讲座效果一般，人们为耗去的半日时光不值。

某中央领导言谈中提到某书,商家闻风而动,大肆宣传,一时市场风靡。朋友知我好书,送我一本。抽出时间翻看,失望之极,就像到了一家传说中的高档餐厅,却吃了一碗夹生饭,遂速转他人。

一朋友告我,他到单位工作不久,闻知有四大美女,不由心动,找了个借口一睹名花之首,感觉是标准的绣花枕头,颇为失望。虽然之后新花辈出,好事之徒不断更新排名榜,友再无兴趣。

一青年朋友,德才俱佳,但房、车硬件差强人意,致使婚恋不顺。某日,又去相亲,不曾想,对方乃绝色佳人。朋友本来口才就好,美女当前,那天浑然忘我,超常发挥,竟将相亲之咖啡馆变成了一人之讲堂。虽说美女如惊鸿一瞥,再无消息,但朋友却感觉超爽。闻者无不笑翻。

❀❀

问:爱因斯坦相对论是客观标准,您的相对论是主观标准,不好混为一谈吧?

答：我猜您可能是理工男/女，您的分析理智、正确，只是少了点趣味。生活多是一地鸡毛，本方只是想给埋头前行的你我找点乐子。

有实力，有决心，还要让社会知道你

一朋友，在影视圈做事。某天我俩闲聊，对话如下。

友：我在圈里十多年了，眼看着一波波后生红起来，心里很不是滋味。要说实力，咱绝不输于他们，可就是红不起来。要知道，在我们这个行当，红与不红有天壤之别。你能不能帮我看看问题出在什么地方？

我：容我想想。（沉默了一会儿）

我：你知道基辛格吗？

友：知道，当年打破中美僵局的大人物。

我：没错。当时的美国国务卿。他还是闻名于世的战略大师。他对国际政治的每一次发言，世界各国的政治家们都会侧耳倾听。

友：我的问题与基辛格有关？

我：有。知道基辛格对威慑战略的定义吗？

友：不知道。我从不关心这类问题。

我：基辛格说威慑战略的核心有三点——有实力；有使用实力的决心，并让对手知道。

友：我好像有点明白你想说什么了。

我：我把大师的话，改动一个词，即把"对手"改为"社会"，把这句话送给你。那就是：有实力，有使用实力的决心，并让社会知道。（友思考状）

友：实力咱有，咱不缺的就是实力。

我：不见得。你对实力的理解有点问题。

友：不会吧？

我：你心目中的实力是指演技，就像相声演员说、学、逗、唱俱佳一样，对吧？

友：难道不是吗？演员最重要的就是演技。

我：无论在艺术的哪个行当，能够通吃的年代早已过去了。以京剧为例，有哪位大师能够通吃生、旦、净、末、丑的？你应该依据你的天赋条件在塑造某一类人物上首先出彩，才有可能在圈里有一席之地。

友：以前是有些饥不择食，只要是个角色就接。现在看来，没有哪个角色被观众记住。

我：再是有使用实力的决心。你有吗？

友：有啊。干了这一行，谁不想红啊。

我：想红不等于决心想红。

（友看着我没吱声）

我：你出身于知识分子家庭，家教不错，想推销自己，却又放不下脸面，常处于矛盾之中，是吧？

友：这你都看出来了？

我：你要是决心想红就不会这样。

友：不瞒你说。演戏我不紧张，剧组安排个媒体见面会，我倒紧张，生怕说错话。

我：美苏古巴导弹危机期间，当时的美国总统肯尼迪亮出底牌，告诉苏联，如果不将部署在古巴的导弹撤回，将不惜打一场核战争，最终迫使苏联屈服。

我：如果决心想红的问题能够解决，那么"让社会知道"还是问题么？

友：我觉得不是什么问题了。

我：还是有问题。

友：请说明白。

我：你看过我写的"你我依然是农民"一文吗？

友：遗憾，还没拜读。

我：你没有在农村生活过，但你与我一样，本质上还都是农民。

友：不会吧？我可是生于京、长于京的北京人。

我：全中国都是个大农村，你能例外？我说你是农民，是因为你受农耕文化的影响。人是城里人，思想里还有一些农耕文化的东西。你不是常说把戏演好才是真格吗，这句话就是农耕文化的典型表述方式。

友：我觉得这话没错呀。

我：你的那句话，等同于酒好不怕巷子深。我说得没错吧？

友：是的。

我：你要知道，小农经济时代，人们生活的村镇可能是一个人一生的主要活动舞台，巷子再深，人们也知道是张家还是李家，酒辣还是酒酸。我老家所在的村子，1000多口人，没一家大人是我父母不认识的。现在你在北京，你家对门你都可能不认识。你不主动去推销自己，社会怎么可能知道你？

友：倒是一针见血，我想辩解都找不出理由。

我：你有博客和微信公众号吗？

友：博客写过几篇，热情一过，早就不写了。公众号太麻烦，也没弄。

我：既想红，又不想付出，你凭什么红？

友：看来是我做得不好。可圈里一些红人没做这些努力照样大红大紫呀。

我：只要红，就有红的原因。有的靠资本红，有的靠导演红，有的靠脸蛋红，有的靠背景红，有的靠绯闻红。你主要的资本就是你所谓的演技，可你要知道演得好就像唱得好、画得好一样，多了去了，成名的又有几个？你怎么不看看那些大红大紫的明星，有几个没博客的？都有专人在维护，经常发信息，生怕社会把他/她忘了。（友点点头）

友：经你这么一说，我有些明白了。看来得改一改、变一变了。我努力吧！

（我没说出的心里话是，朋友不带最后那个"吧"字，可能有些变化。带了个"吧"字，变化的可能性就基本没了。因为他没有使用实力的决心，社会因此也很难知道他。）

问：*这个朋友是谁呀？怎么之前没听你说过？（一朋友在微信公众号中看到这篇文章后留问）*

答：是你，是我，是社会上的许许多多人。

秋千的奇妙功用

美国的格雷戈·莫顿森是畅销书《三杯茶》的作者。他深入巴基斯坦和阿富汗山区,为那里援建了70余所学校。那些山区,是塔利班争夺的地方。有一次,塔利班武装分子带着机关枪,要捣毁学校,看到学校操场上的秋千,几个塔利班成员竟纷纷把枪放下,开心地荡起了秋千。作者解释说,看似奇怪,也不奇怪,塔利班成员也是人,小时候社会环境只教会了他们仇恨、打仗,基本没玩过秋千,所以一看到秋千,就玩兴大发。此后,塔利班非但没有捣毁他的学校,甚至还请作者去他们的腹地造学校,要地给地,要人给人,"但前提是必须有操场和秋千"。

秋千竟有这样的功用,让人始料不及。周末,到西山森林公园去玩,公园里有一处小游乐场,设置了四挂秋千。有孩子玩,也有当妈的在上面玩个不停。玩乐不分老少。

人们一般以为，游乐是儿童的专属权。其实，成人同样需要玩乐。成人背负着上养老、下养小的负担，每天埋头工作，压力山大，同样需要放松，需要玩乐。

将来，如果能有那么一天，全世界的人们能因玩乐而走到一起，放下彼此的隔阂、仇恨，那将是多么美好的情景啊！

问：您说到秋千，脑海里瞬间就浮现出一幅荡秋千的画面，好诱人呀！真想放下手头的一切，找个秋千，荡个不停。

答：理解，理解，好逸恶劳是人之本能，你我又岂能例外。哈哈。

三位企业界朋友的启发

我有三个在企业工作的朋友，都是老板，各有特点。

朋友甲，与我一样是60后，早期做实业，后转行做投资多年。这些年，我因长期从事人力资源管理工作，也算阅人多多。要说聪明，这位朋友当之无愧。此兄虽然本科毕业，但自述闯荡社会后极少读书，可就是聪明挡不住。每与其聊天，听到的都是从阅历中凝结出来的道理，令人动容动心，印象深刻。这些年，这位老兄无论是做期货，还是投资实业，心胸开阔，眼光独到，获利颇丰。此人可羡不可学，因其聪明主要得益于天赋。

朋友乙，70后，立志实业报国。只要给他打电话，不是在办公室就是在出差的路上，辛苦万分。他最常说得一句话："等我熬过了这一关，就可以松口气了。"从认识到现在，十多年过去了，还没松口气。近几年，又多了一句话："我要是把钱拿出来倒腾房子，早发了，还用受这罪？"这是我最为同情的企业界朋友，他是这些年来中国做实业的企业家们的一个缩影。

朋友丙，80后，小伙子高智商、高情商。最为显著的特点，是永远在敏锐地择机而动。他硕士毕业后，先是被日本一家大牌公司录用，坐飞机比市内打的还要频繁，且推销的产品市场上一家独大，收入也不错，但干了两年，就炒了东家，原因是看上一家有上市前景的小公司，且可持原始股。在第二家公司干了两年，发现这家公司上市前景不明朗，就果断地转身与朋友合开了家公司，雄心勃勃地干上了。我这对这位朋友的评价是，想不发财都难，且最有可能发大财。

这三位朋友，给我的启示有三。

一是相信直觉。以我的较苛刻的读书标准，这三位都不是爱读书的人，但都聪明。聪明是指他们耳目灵敏，反应快捷。其反应主要不是基于知识，而是基于直觉。直觉中既有天赋的因素，又与他们长期在商业中浸泡有关。

二是选择很重要。朋友甲之所以转做投资，与其天性好赌有关，又因人极聪明，长于心算，暗合了人尽其才之道，生意做得风生水起。朋友乙所业即所学，成也圈子，也被圈子所误，始终走在一条艰难发展的道路上，没能合上地产业、互联网等大浪潮的节奏。朋友丙受时代熏习，跳槽择业没有顾虑，永远在主动追求机会，应该有番大作为。

三是勇于拼搏。这几位朋友，年龄不同，性情不同，所业不同，发展不同，但都各尽其力，拼搏上进。朋友甲做过数次大手术，自个儿形容有段时间，肚子就像装了拉链，经常被拉开折腾一番，生命曾因此进入过倒计时，但真做到了一息尚存，拼搏不止，我深祝福之。朋友乙是企业家中的劳模，真心希望他的努力能够印证"坚持就是胜利"这句话，也为中国实业界争口气，我深敬重之。朋友丙是时代青年，力求工作和生活兼顾，活得阳光灿烂，我深羡慕之。

中国的强大须以综合国力做支撑。商业力量是综合国力的重要组成部分。从三位企业家朋友身上，可以一窥中国企业家们的风采。他们虽经历不同，但都在一路前行，为家庭创造更好的生活条件，为社会提供就业机会和服务，为中国商业力量增砖添瓦。他们都是我所敬重的人。我没有别的能耐，只有衷心地祝福他们——兄弟们，加油！

问：这篇文章你的三个朋友看过吗？有何反应？

答：他们三位是这篇文章最早的读者。朋友甲的反应是"不读书像我，但聪明不像"，我的回复是"谦虚，还有进步空间"。朋友乙的反应是"汗颜，有启发"，我的回复是"坚持到可以松一口气"。朋友丙的反应最可气，问他读了没有，微信回复一个笑脸图标。打电话过去，他回复说："我以为是你转发别人的文章，当时正忙着，没仔细看。"第二天微信回复"谨借大哥文章，继续努力"。

问：你的三个朋友怎么看你？

答：把他们的意见归纳起来，一是无商业头脑，不适合经商；二是想得多，实践少；三是过于乐观，其实北京雾霾天挺多的。

柏林市政厅 10 年未增 1 人

2010年7月19日至8月8日,曾赴德国学习、考察。数年过去,有些印象淡去,而有些印象却鲜活如初。德国对公职人数控制之严就印象深刻。

东、西德是1990年10月合并的。合并之初,两套人马相加,公职人员多。但自合并始,公职人数就呈下降趋势。其原因有二,一是如邮政私有化等,再就是人员退休、离职等减员。2009年,德国公职人员总数为1 553 100人,其他雇员1 925 700人,占当时德国人口总数的4%。

学习期间,访问了柏林市政厅。柏林市政厅自东、西德合并至我们到访,10年间未增1人。随着人员退休、离职等,公职人员总数逐年减少,一直要减到议会核定的数额为止。

我国的公务员人数,也就是朱镕基总理1998年机构改革时削去了一些，官方数字是中央政府裁减了48%。其实，这个数字是有水分的，因为将一些部门转为"参照公务员管理"了，其实吃的仍是财政饭。但客观讲，已经很不容易了。近些年来，中央国家机关一些部门以职能增加、安排军转干部等名目，又增加了一些编制。多年过去了，中央政府部门始终在冗余—裁减—再增—冗余的圈子里打转。

中央政府还算好的，地方政府人员之膨胀，屡为社会诟病。上报统计数字时，报的都是在编人数，看似不多，但未将许多非在编人员统计在内。我一朋友的孩子大专毕业后，托关系在老家交警队谋一编外职位，每月工资说来无人相信，只有区区200元。可孩子就是不愿离开，是不是执法中有些好处就不得而知了。连警察都有编外，编外者还敢执法，想想都是让人吃惊的事情。我在北京就遇到过交警以查酒驾为名，实则"钓鱼执法"的事情。举报后，交警队就说是协警干的。有资料说中国吃公家饭人数占人口总数的10%。如果属实，这实在是个惊人的数字。

之前曾参观过位于保定市的大清直隶总督府。讲解员说，当时清朝核定的直隶总督府编制数仅28人，大为惊叹。要知道，直隶总督府辖区包括今天津、河北大部与河南、山东小部，可编制数还不如今天的一个街道办事处。中国两千余年封建王朝，除了兵荒马乱之时兵员多外，财政供养的行政官员始终很少，这点非常值得借鉴。

问：您觉得我们国家还有希望恢复行政官员少的传统吗？

答：在我们有生之年，难于上青天。但从长远看，还是有可能。真正好的传统，有着顽强的生命力，有时似乎消失了，但时机成熟时又会呈现出来。

政府难以玩转互联网思维

"互联网思维"是当下的热词，不仅企业在喊，还影响到各级政府。在百度中以"政府的互联网思维"搜索，能出现千万级别的链接。那么是否意味着各级政府机关已经接受并实践着"互联网思维"呢？我的回答是"No！"

驱动社会进步的动力，从工具方面来说，当然是生产力的发展。有了纺织机、蒸汽机、电的广泛使用，人类才从农牧时代进入到工业时代。从人的方面来说，利益的驱使是社会进步的主要动力。能将二者结合在一起的，无疑是成千上万的企业主们。他们在利益的驱使下，会率先使用最先进的技术工具，探索与之相适应的商业模式，在为自个赚取利润的同时，推动着社会的进步。

政府在社会进化的过程中，是一种怎样的状态呢？很遗憾，纵观历史，政府多处于被社会推着走的被动状态。

原因倒不难发现。首先，政府的基本职能是保持社会稳定，对新工具的使用没有积极性，而商业嗅觉灵敏的企业主们为了生存、利润，会最先使用先进工具。结果往往就是先进技术工具的使用在社会上已经形成了气候，政府才会被动跟上。就以这些年来说，网站、微博、微信的使用，政府无一不是被动的跟随者，更别说迄今为止，还有不少政府机关连跟都懒得跟。一个典型的案例就是百度已经成为搜索业的巨无霸了，政府却才想起做这件事，找来个名人，想靠明星的名气和砸钱占领搜索市场，结果是赔了夫人又折兵。

其次，颠覆性创新技术的出现多会挑战政府管理模式。工业文明打翻了君主制，代之以民选政府。以互联网为代表的新一轮技术革命，对政府管理模式的挑战愈加凸显。比如，某些网络大V的受众及社会影响度早已超越政府管控的媒体，这在互联网技术出现之前是难以想象的。不少企业已经实现24小时在线回复顾客的提问，希望藉此黏住用户。试问哪家政府机关能够做到？再看看今天官员们的讲话、政府制造的文件，都八股到发霉的程度了，依然在自娱自乐。就连公布预算这么简单的事情，折腾这么多年都还是犹抱琵琶半遮面。新一轮技术革命的典型特征就是去中心化、去权威化、去刻板化，这是对政府传统管理模式的革命性挑战。可问题是政府会主动去革自己的命吗？

嚷嚷着政府要具备互联网思维，就像希望乌龟跑得比兔子快一样，结果可能仅是寓言一则。现实生活中政府还只是会慢慢来，慢慢来。

☙❧

问：政府在对新技术的运用方面不是一味地跟在社会后面跑，有些技术甚至是在政府的直接推动下才产生的，比如军事技术。您以为呢？

答：您举的这个例子很难说明问题。原因是通常情况下，政府是军事技术的唯一买家，就像原子弹，当年的美国政府为了减少士兵伤亡，尽快在战争中获胜，不惜人力物力搞出了原子弹。社会不允许企业这么干。

卷 三

读书 读书 读书

读书的重要性尽人皆知,但许多国人离校后,却基本不读书了。一些高学历朋友家里,装修不错,但除了菜谱、养生、育儿几本书外,几乎无书可读。社会调查也支持这个结论。中国新闻出版研究院近些年每年都要做全国国民阅读调查,结果显示,我国18~70周岁国民在阅读量方面,人均阅读图书多年在5本以下(含教科书、工具书等各类书籍),而同期发达国家都在10本以上,以色列、丹麦、瑞典在40本以上。有人说中国是酒肉之国,不是阅读之国,人们习惯于向关系借力,而非向知识借力。话虽尖刻,却很难说不是事实。

对于管理者而言,保持读书的习惯,最大的好处在于使头脑始终处于敏锐状态,对外部世界的感知,比仅仅依靠与人接触、看电视、浏览报刊和网络信息要条理和深刻许多。

以毛泽东为例。毛泽东在校学习时间并不长,6年断断续续的私塾教育，再加上师范教育4年，在校读书时间相当于今天的初中毕业生。但毛泽东在文学、哲学、历史、军事等方面的学养之高举世公认，主要得益于他投身社会实践后广泛、持续的阅读。

毛泽东在到达延安之前，军事能力已被党内认可，但作为一个领袖应具备的思想能力尚不被党内公认。延安期间，毛泽东阅读了大量马、恩、列等哲学著作，结合对中国革命的思考，写了一系列文章。《毛泽东选集》（四卷本）共156篇文章，其中112篇是在这个时期写成的，人们熟知的有《矛盾论》《实践论》《论持久战》等，从而树立了毛泽东在党内的思想领袖地位。"毛泽东思想"这一提法也就应运而生，并被全党接受。

管理的过程，也是与人交流的过程。读书多，思路广，思想深刻，交流质量必高。尤其是对于还在人生道路上探索的年轻人，管理者的真知灼见，会对他们产生积极的影响。必须有高质量的交流，管理者才有可能转变为领导者。要问两者有什么不同，简单说就是，管理者有下属，领导者有追随者。有追随者的领导，一定是有思想的领导。而有思想的领导，又一定是有相当阅读量的领导。

管理者阅读范围除了专业领域，主要还应包括文史哲管心等领域。

文学。自二十世纪九十年代之后，文学逐渐落寞。对于许多人来说，读文学作品已经是久远的往事了。多看文学作品的好处是心理比较敏感，容易感知他人的情绪变化，富有人文情怀。读文学作品还是一个享受的过程，顺便也能学到不少知识，且因形象思维之故，记忆反倒较专业读物深刻。

史学。读历史书籍，常常使人心胸开阔，在感叹世道变迁中，对现实生活中的得失也就少了些计较，也有助于通过历史认清当下的社会现象。今天是过去的延续，解决今天的问题，可能要在历史中寻找参考。

哲学。哲学是一切学问的祖宗。读哲学著作，常对人类的思辨能力和认识问题的深度肃然起敬，有助于透过现象看本质。

管理学。这些年来，管理学产生了不少经典之作，如《基业长青》《定位》《蓝海理论》等。管理者精力有限，不可能涉猎太多，可找一些有定评的作品认真研读。

心理学。心理学的研究范围已大大拓展，揭示了许多人类活动背后的规律，这方面的知识对于管理者有直接帮助。

我的读书体验还达不到宋朝诗人黄山谷所说的"三日不读书，便觉言语无味，面目可憎"的境界，但一日不读，便觉惶惶不安倒是事实。人生不息，读书不止，与朋友们共勉！

问：有无好的读书方法？

答：开卷有益，成年人读书贵在养成习惯。书读多了，自然会将兴趣集中在某个或数个感兴趣的方向，读书质量自会提高。

书　　瘾

能使人们上瘾的事情很多，书瘾是其中之一。有段时间没买新书了，书瘾就像被春风唤醒的柳芽，按捺不住地蹭蹭生长。尽管手边有的是没看和没看完的书，可心里发痒，没办法，就在"当当"上又过了一把瘾，选了300多元的书。真快，第二天就收到了。抚摸着一堆新书，感觉就像徜徉在春天的花海里，那叫一个美呀。

我买的书，自然都是我喜欢看的，实不足向他人道。经常有朋友问怎么选书，我的选书方式是，阅读书刊时，发现有感兴趣的书籍信息，就随手记在工作笔记本或台历上，集存一段时间后，就买来看看。这次选的这批书，也是这么来的。

也有朋友希望能向他们推荐几本书，说实话勉为其难。我始终认为，读书是件非常个性化的事情。我喜欢的，未必他人喜欢。向他人推荐一本人家不喜欢的书，多少有点谋财

（花钱）害命（费时）之嫌。当然，也有一些书是流行读物，受众面广，朋友之间也相互推荐。但我以为，这仅限于书友之间。不好这一口的，即使给他一本有趣的书，他也会束之高阁，想想好似美女被丑男霸占一般难受。

这些年来，许多机关单位为提升员工素养，举办了不少读书活动，但总有一些员工对读书不感兴趣，发给他们的图书常常没有拆封就扔进了书柜。看到那些只发挥了陈列功能的书籍，真替这些图书惋惜。可要是不给他发，他还会嚷嚷受到不公正对待。对书而言，这也算是遇人不淑吧？

书瘾能增人知识，于己有益；不劳他人，于人无损；拉动消费，于社会有功。有这么多好处，您还等什么？

问：没有书瘾怎么办？

答： 与书友们交流，比较一致的看法是，书瘾多自小养成。虽说如此，但对未成瘾者，空闲时翻翻书，总是件雅事。少而好学，如日出之阳；壮而好学，如日中之光；老而好学，如炳烛之明。一旦开卷，总会有益。

读书是高门槛兴趣

中国是个有着悠久文明历史的国度，向来推崇读书，但遗憾的是，时至今日，有着浓厚读书兴趣的人却不多见。每年中国新闻出版研究院全民阅读调查也证实了这一点，人均阅读图书都在 5 本以下，超过四成的人一年到头一本书都不看。原因何在，众说纷纭，我以为，可能与读书门槛高有关。

首先是入门难。汉字是世界上独有的由早期象形发展至今仍在使用的文字，音、字不统一，难写难认，建立兴趣的过程长、难度大。邻居日韩的文字脱胎于中文，但后来都在向拼音化、符号化的方向发展。

其次是持久难。读书作为一种兴趣，伴随始终的是一种孤独的心境。而当下的中国社会又太躁了，人们很容易被其他东西分心和诱惑，长久地保持读书兴趣确实不易。

再次是享受难。读书的一大乐趣在于能与作者发生共鸣，而这需要读者具有一定的知识储备，这个要求并不容易达到。问一些高学历的年轻人，在十多年的求学生涯中，竟然鲜有这样的时刻。读书读不出乐趣，兴趣自然就难以生发和维持。

与高门槛兴趣对应的是低门槛兴趣。所谓低门槛兴趣，就是无需刻意努力，快感立现，诸多吃喝玩乐之趣多属此类。

高低门槛兴趣之别的结果是什么呢？北京大学周国平教授曾将书籍与电视对比着说："书籍使人成为文明人，电视使人成为野蛮人。"我没有周先生那么悲观，但我们不得不承认的一个事实是，昔日，在中国人心目中有着至高无上地位的读书行为（万般皆下品，唯有读书高），已经走下神坛。读书兴趣由于不合当下世风，也由于其高门槛，可能逐渐成为小众兴趣。

对于有着浓厚读书兴趣的人们而言，无论社会风云如何变幻，读书都乃人间至乐。在这个世界上，我还真找不出如读书般方便、廉价且身心愉悦的快乐方式。

问：我都大学毕业了,现在培养读书兴趣还来得及吗?

答：古人云"朝闻道,夕死可矣"。什么时候开读都有好处。窃以为,离开学校,没有了功利驱动,才是为自己读书,为心灵读书。

天下第一读书笔记

古往今来，不少人都有记读书笔记的习惯。但被人传诵的篇章很少。在一则读书笔记里既要展现出独到的思想，文笔还要考究，不容易。那么，有无公认的读书笔记杰作呢？有！王安石的《读孟尝君传》就是一篇上佳之作，我誉其为"天下第一读书笔记"。

原文很短，仅90字，抄录如下："世皆称孟尝君能得士，士以故归之，而卒赖其力，以脱于虎豹之秦。嗟乎！孟尝君特鸡鸣狗盗之雄耳，岂足以言得士？不然，擅齐之强，得一士焉，宜可以南面而制秦，尚何取鸡鸣狗盗之力哉？夫鸡鸣狗盗之出其门，此士之所以不至也。"

称该文为天下第一读书笔记，理由如下。

第一，敢做、会做翻案文章。孟尝君是战国四大公子之一，有在秦、齐、魏三国任相的经历，门下食客数千。司马迁在《史记》中以较大篇幅为孟尝君做传，认为"世之传孟尝君好客自喜，名不虚矣"。司马迁是后世公认的史学大家、文章大家，敢翻司马迁的定论，没有勇气是不行的，但光有勇气，理由不充分同样站不住脚。王安石这篇文章能够传颂至今，就是人们对他思想见识和文章艺术的充分肯定。

第二，文短气长。这一点最为历代文评家们所称道。全文仅90字，可谓简练至极，真是增一字多余，减一字害义。文章虽短，但却一波三折，气象万千，是文似看山不喜平的经典写照。

第三，逻辑严整。该文四句话，四层意思。第一句话是"起"，即写作此文的起因；第二句话是"转"，横空抛出对立的观点；第三句话是"承"，写出支撑自个观点的理由；第四句话是"合"，通过论述，得出结论。逻辑严密，令人叹服。过去，科举考试时，做文特别讲究"起转承合"。随着科举制度被废，"起转承合"这套作文规矩也被人们扫进了垃圾堆。其实，论述性的文章，"起转承合"用得好，会增色不少。

王安石是文章大家，为我们留下了这篇不朽的传世经典。作为后人，细细揣摩，对提高文学鉴赏水平及文字表达能力都有帮助。

问：您怎么还有兴趣关注这类文章？

答：我读书杂，如何作文是兴趣之一，搜读过不少这方面的书籍。如手上就有《古文观止》的多个版本。"读孟尝君传"就是在《古文观止》中看到的，可谓一见倾心。

从范仲淹《岳阳楼记》说起

说到范仲淹,中国的读书人几乎无人不晓,谁没读过《岳阳楼记》?谁不知道"先天下之忧而忧,后天下之乐而乐"?中国数千年王朝史,文人雅士如天上繁星,但熟若故人,如范仲淹般,姓名及名言能够脱口而出者却不多。有人说,这是艺术的魅力使然。我以为,这只是一个方面,还有一个重要且易被人忽略的原因,就是历代王朝对范氏及其文章的褒扬。

以范仲淹《岳阳楼记》为例,该文借洞庭景物,抒发家国情怀。

"嗟夫!予尝求古仁人之心,或异二者之为,何哉?不以物喜,不以己悲。居庙堂之高,则忧其民;处江湖之远,则忧其君。是进亦忧,退亦忧,然则何时而乐耶?其必曰:'先天下之忧而忧,后天下之乐而乐'欤!噫!微斯人,吾谁与归!"

中国历代王朝的官吏,基本为儒家信徒。虽说汉唐之后,释、道渐兴,但在政府,儒为主流是不争的事实。范仲淹当时受"贬友"(范及滕子京当时都在贬谪之中)所托,书写此文,却无任何牢骚,充满正能量,极合儒家"谋道不谋食,忧道不忧贫"(《论语》)之旨,合乎统治阶级利益,因此被历代王朝所赞赏、传扬也就在情理之中。

明代洪武年间,有一姓范的御史被判了死刑,皇帝朱元璋最后一次看案卷的时候,问此人跟范仲淹有无关系,有人告知这位范御史是范仲淹的十二世孙,遂予赦免,并且把"先天下之忧而忧,后天下之乐而乐"写在绢上赐给他,还对他说:"以后你如果犯了死罪,只要把这块字条拿出来,就可以免罪。"看来,范仲淹真正做到了泽及子孙。也难怪今一知名画家,经常强调是范仲淹的多少代传人。其实稍想一想就明白,这个世界上唯出生与自己没半毛关系,这是上帝借父母之手随意掷骰子的结果,过于强调此事大可不必。

范仲淹被后人传颂的名言还有两句,一句是"宁使一家哭,不使一路哭"(原话是"一家哭何如一路哭",路为当时的行政区域)。在反腐风暴猛烈的当下,这句话引用率颇高。另一则是"宁鸣而死,不默而生"。因为胡适的推崇,这句话在知识分子中有着广泛的影响。

问：中国历史上不乏一言成名的例子，您怎么看？

答：我揣测您的意思是当时有文化的人少，文人成名比今天容易。如是这个观点，我不敢苟同。封建王朝，有文化者在人口总数中的占比确实不高，但放眼几千年历史长河，还是一个不小的数字。在古代，文化传承不易，水火兵虫及因不合圣意不知毁掉了多少书籍。一篇文章、一首诗词、一句话，如非意新、凝练、典雅，绝不可能被后人代代传习。中国历史上，就诗词数量而言，乾隆皇帝称得上冠军，有43 000余首，快赶上《全唐诗》的数量了，不仅到处题写，还刻印成集，但没有一首诗、一句话被后人口口相传，您说难不难？

请读《悉达多》

某天上午，安静地坐在家里，读完了《悉达多》这本书。该书作者是获得诺贝尔文学奖的德国作家赫尔曼·黑塞。黑塞已于1962年去世，享年85岁。《悉达多》是其青年时期的作品，写于1922年。

一本书成为经典，是对作者，也是这本书最大的褒奖。这本书已经90多岁了，流逝的岁月淘汰了无尽的书籍，但这本书却在岁月的磨砺中迸发出璀璨的光芒，被世界各地越来越多的人认识。

我读这本书，是受台湾诚品书店老板吴清友的影响。他说有几本书影响了他的人生走向，《悉达多》就是其一。他能够创办诚品书店，能够在连续赔本15年的情况下坚持下来，使诚品书店成为台湾的文化地标，《悉达多》是其重要的力量源泉。这样的书怎能不看？

还有一点要说的是,这本书的翻译是台湾的著名翻译家、散文家苏念秋,译本像诗一样美。读译本读得无比享受,可遇不可求啊!

至于这本书说的是什么,读了才能知道,具体内容我就不向大家絮叨了。只要你的内心深处还像北大门口的保安一样不断地追问"我是谁?从哪里来?到哪里去?"就应该看看这本书。

问:*这本书我读过,感觉就是鸡汤类的励志读物。*

答:这样评价这本书,虽说勉强,倒也沾边。

不知从什么时候开始,人们有些排斥鸡汤类励志读物。可能的原因是对假大空宣传的反叛。我的看法是,对鸡汤类文章不能一棍子打死。人的身体通过吃喝补充能量,人的灵魂也需要通过阅读补充能量。鸡汤类的文章也许不深刻,也许片面,就是说可能没有多少营养,只是有些热量。可热量不也是头脑所需要的吗?更何况,《悉达多》既有热量,还有营养。

如果说这本书是鸡汤,那不如说是放了人参的鸡汤,对人可是大有补益。虽说如此,也不是每个人读了都会受益。加了人参的鸡汤,过虚和过强的体质可能都无法消受不是?

真经还得真人讲
——推荐徐文兵《黄帝内经说什么》

《黄帝内经》是中国传统医学中医的奠基之作,也是了解中国传统文化的应读之物。但因该书成书于西汉初年,今天的人们读起来比较吃力。这些年来,我翻阅过多本解读《黄帝内经》的书,总是不甚满意,读读放放,所获不多。

2014年,在电视上,见一温文儒雅者讲授《黄帝内经》,一听便知此人有真学问。进一步查询得知,此人徐文兵,出自中医世家,北京中医学院毕业后赴美讲学,同年获美国针灸协会特别奖,1999年创办北京厚朴中医药研究所。遂对此人及著作产生兴趣,购买了《黄帝内经说什么》这套书。该书系徐文兵与主持人梁冬在中央人民广播电台所作系列节目的文字版,梁问徐答,读来如话家常,确实把《黄帝内经》讲明白了。徐文兵,真人也。

说徐文兵先生是真人，是说徐先生有真本事，不卖弄，不绕弯，见事明，见理清。比如，《黄帝内经》中有这么一段话："南方赤色，入通于心，开窍于耳，藏精于心。故病在五脏。其味苦，其类火……"

他对"其类火"的解释是："前面讲肝胆的时候，是'其类草本'。木生火，把草本点着了以后会产生火焰，这时候那种无形的火的存在，就是对应了我们的心。所以，心气虚的人或者是心火弱的人，在点燃一堆篝火的时候，会突然眼睛就流泪了，然后，觉得有一种暖洋洋的感觉，其实这就叫感应。古代的篝火晚会都跟求爱有关，火都能够撩拨人的欲望。篝火的'篝'与交媾都跟火有关，火其实是一个煽情的东西。你把某种东西点燃、煽动起来以后，能够拨动人的心绪。"

书中类似这样的妙语比比皆是，说作者是个通达之人没问题吧？

这套丛书，一共六本。欲了解中国传统文化者，应读之；欲了解养生知识者，应读之；欲深入学习中医文化者，应读之。

需要说明的是，迄今为止，本人未见过作者，更谈不上替作者推销，写作此文纯属自愿。好书难得，不读乃人生一大损失。

问：当代社会变化太快，人们紧追不舍还怕掉队，真没精力去看传统的东西。

答：人们看到的树木都是地面以上的枝干，而发挥巨大作用的根系则深埋地下。传统文化是中国人的根，它对我们的影响就像根对树木的影响一样，只是人们习焉不察而已。主动、深入地了解中国文化，会使我们的根系更加发达，结果就是枝干更加挺拔。如果光想着枝干粗壮，又能有多大效果呢？

实与虚,谁更有价值
——从牛仔文化说起

有段时间,仔细阅读了英国历史学家和思想家艾瑞克·霍布斯鲍姆的《断裂的年代——20世纪的文化与社会》。该书最后一章的题目是"美国牛仔:一个国际神话?"剖析了美国西部牛仔文化现象。读后不胜诧异,因与脑海中的美国西部牛仔意象差异太大了。

牛仔的黄金时代,是美国内战后至19世纪末,约20年的时间。"牛仔"这个群体处于社会和经济的边缘,由无根浮萍般到处漂泊的无产者组成。但经过艺术家们的渲染,其形象却风靡全球,成为一种文化现象,几乎是凭空打造了一个神话。

真实的美国西部当时是什么样呢?"所谓的西部传统本

身就是虚构的、象征性的，是用少数边缘人的经验以偏概全。1870年到1985年间，所有主要的放牧城镇，威奇托、阿比林、道奇城和埃尔斯沃思全加起来，死于枪伤的人一共才45人，按买卖牲畜的季节算，平均每季1.5人。西部的地方报纸登载的消息主要不是酒馆斗殴，而是地价和商业机会。可谁管这些？大家仍然相信虚构的西部传统。"（引自《断裂的年代——20世纪的文化与社会》）。是不是与我们的想象大相径庭？至少在我的想象中，那里四季枪声不断，死人无数。因为一部美国西部片中，死亡的人数就有可能超过45人，何况好莱坞生产了那么多西部片呢？

美国西部片的黄金时代已经过去，但塑造的牛仔精神却在美国文化中占据着重要位置，附带着牛仔服和万宝路香烟（得益于经典的牛仔广告）也征服了全世界。美国历史学家威廉·W萨维奇说："人们很难想象假如没有牛仔这个形象，美国的文化，不管是粗俗的还是高雅的，会成什么样子。要找其他形象来取代它，简直太难了。什么猿人，太空人，枪手，还有超人，都曾名噪一时，可哪一个也不曾把牛仔的形象给压下去。"

虚构胜过了真实，中国也不例外。像《三国演义》里的诸葛亮，尽管鲁迅先生批评作者"状诸葛之多智而近妖"，可有几人愿意去探寻历史上真实的诸葛亮什么样？又有几人有兴趣了解真实的唐玄奘什么样？我们所知道的不都是《西游记》里那个执着取经但却笨得人妖不辨的唐僧么。

牛仔文化为什么盛行于美国，那是因为"他代表着个人主义自由的理想，而这种自由因边疆的关闭和大公司的来临而被关入无法逃脱的牢笼"。（引自《断裂的年代——20世纪的文化与社会》）。人们为什么愿意相信近妖的诸葛亮？是因为人们希望自己富有神通，冲破造物主对人们的限制。为什么愿意相信木讷的唐僧？因为他好玩、有趣，可以成为我们嘲讽的对象，满足自己比他强的愿望。

近几年，随着90后进入职场，刻板的训导已经不受欢迎，讲故事成为灌输管理理念的重要手段。看来，还是虚幻当道啊！

问：确实存在着虚比实更有价值的现象，究竟是什么原因呢？

答：人是个矛盾体。身体强壮不如狮虎、飞奔不如鸟马，而思想则可接千载、通万里。现实生活多枯燥无趣，满足不了人们精神生活的需要,而经艺术加工的产品,多具有更鲜明的人物性格、更生动的故事情节,能够满足人们精神生活的需求。故真实的反倒不如虚幻的价值高,真实的反倒不如虚幻的寿命久。

我的天，三毛72岁了

2015年，某天下班途中，在车内收听中央人民广播电台"文艺之声"的节目，晚8点至9点，是李峙主持的"不老歌"，听到的第一句话就是："如果三毛活着，今年她72岁了。"不由地吃了一惊。三毛有那么老吗？我心目中的三毛永远是身穿宽松衫、牛仔裤，长发飘飘，浪迹天涯，不食人间烟火的仙女模样啊！

中国改革开放以来，尤其是早中期，港台文化由于与大陆民族同种、文化同源，在大陆掀起了一波波浪潮。在文学领域，来自台湾的三毛，是代表者之一，影响了大陆的许多青年，我是其一。当时，我把能找到的三毛作品看了个遍，有些印象至今深刻。

三毛走过的地方，有些很是无趣。比如撒哈拉沙漠，不仅无花无草，一些基本的生活、卫生条件都不具备，三毛又无法与当地土著交流，应该说那是一段单调乏味的日子。但在三毛的笔下，却处处充满了异国风情、生活趣味。能把那样的生活过得充满诗意，且能非常漂亮地表达出来，不能不说三毛有超出常人之处。

由于天性的缘故，有的人一生都是那么诗情画意。比如民国时期的陆小曼，比如三毛。其实如果仔细观察，在我们的身边也能发现这样的可人。我的一个朋友，长期从事记者工作，现已退休，但无论是身材、着装，还是心态，都还是标准的小资，依然洋溢着青春的气息。我们经常开她玩笑，说她是个永远活在童话世界里的女人。

诗性、青春与年龄有关，更与心态有关，与对人生的认识有关。岁月能使人的容颜老去，但我们可以选择让心保持年轻。

☙❧

问：我们这代青年，只是对三毛作词的《橄榄树》有点熟悉，其他的真不了解。

答：正常。江山代有才人出，各领风骚数十年。三毛是我们这代人成长道路上的一处风景，你们有你们的风景。

小气的爱书人

一天,给一小友发了条短信:"上次到你处,带去的几本书还在吗?"

小友回复:"书还在的,等我下次给您带过去哈。"

我的回复:"书如故人,不见想得慌,爱书人的毛病,请你理解。"

小友又回复:"小气。"

小友腿被自行车撞伤,初不以为然,后疼痛加剧,医生说已伤到骨头,需打上石膏静养数月。想想一个平日活蹦乱跳的年轻人,被圈在房间不能自由出入,难受的滋味可想而知。遂从书架上选了几本自己喜欢、也想着小友喜欢的书,送了过去。

小友伤好后，又见了数次面，小友没再提书的事，可能是认为我已将书送他。可那同几本书都是我看过的，上面有些涂涂抹抹，已经与之建立了感情。分享可以，送却是万分不舍，这才厚着脸皮，希望要回。

凡爱书人大多知道一典故，出自清末大藏书家叶德辉。他在书橱上贴一条幅："老婆不借，书不借。"贵如曾国藩者，在出借图书方面也是小气鬼。他给家里人写信说："家中书籍，用心收着，一本不可遗失。有人借，当定限取来。近来积书家如浙之天一阁、昆山徐氏，断不借与人书，欲观者至其家观之，欲抄者至其家抄之。乱后旧书无版，即有新刻，字多错讹，书册愈旧者，愈当珍之，不可忽也，我回来赖此延年。此要务也。"

此前图书刊刻不易、得之不易，留下了不少惜书、抄书等佳话。今则不同，书多易得。按理说，送人本书，不至于日夜牵挂。我的体会是，要分什么书。我自己有不动笔墨不读书的习惯，遇到一本心仪的书，翻完即有圈圈点点之处。这类书，可以告人，可以示人，可以借人，但不能归于人。在手边不想，一旦给他人拿去，竟牵挂如自己孩子。而有的书，一看不对自个儿胃口，随手送人，绝无挂想。一日将此心得与朋友交流，朋友说，你自己觉得不好，为什么还要害别人？我辩解说，不对我的胃口，未必不对他人胃口，他人觉得不好，再扔不迟。过后想想还是有假道学嫌疑，这与自个儿不杀生而食肉好像没区别呀。

但我没说出的心里话是，真正的爱书人，即使有不喜欢的书，也不忍将其扔向垃圾堆，而是希望能够流落他人之手，继续发挥点作用。前些年，我工作部门搬家时清理出一堆专业书籍，我不忍其化为纸浆，将其拉到北京大学某学院门口，半卖半送，为这批书找到了一个好的归宿。去年，我又将自己办公室里清理出来的一批书，送给了成立不久的某京外单位，希望这些图书在那边还能继续发挥作用。

❧

问：您对书的那份感情我们怎么没有呢？

答：我们那个时代，读书基本是获取知识的唯一途径，天长日久，人与书的感情容易建立。在你们成长的年代，电视、网络、手机也成为获取知识和信息的途径，且这些东西五颜六色，想啥有啥，远比白底黑字、不能互动的书籍魅力大，你们对书籍的感情自然不如我们那个年代成长起来的人。

有料　有趣　有味
——我的美文观

我与不少朋友一样，自幼喜爱文学。虽说疏懒成性，没写过几篇像样的东西，但文章倒是读了不少。看得多了，对文章的好赖也就有了自己的判别标准。

我的美文标准有三，即有料、有趣、有味。

有料。文章要有干货，要么有新的见解，要么有鲜为人知的情节。在这方面，中西文章没有差别。作者如果拿出的是没有新意、似是而非、拾人牙慧的东西，按鲁迅先生的话讲，就是在谋读者的财、害读者的命。可惜，这样的文章又比比皆是，躺着中枪的读者更是数不胜数。

有料文章举例。陈传席，中国人民大学教授，著名的美术理论家。人有傲骨，文有奇气，其《悔晚斋臆语》乃一本奇书，我曾多次向朋友们推荐。该书开篇一文为"大商人、大文人、大英雄、大流氓"，文仅四句话："大商人必无商人气，大文人必无文人气。大英雄必有流氓气，大流氓必有豪杰气。"虽属干巴巴的结论性表述方式，但是能言他人所不能言，痛快淋漓，是真正的干货，有料的典范。

有趣。作者不是板着面孔说话，而是用艺术手法表达思想。在这方面，相对而言，西长中短。以影视剧为例，西方影视对白中的幽默元素就比国产剧多。根本的原因，是西方经过文艺复兴的洗礼后，平等观念深入人心。而中国尊卑有序的影响无论在政坛、文坛，还是民间仍然处处可寻，故较难产生轻松自然格调的幽默，有也是以调侃、挖苦、自嘲居多。冯小刚导演只是比其他导演多了点平民视角，叙事相对轻松一些，其作品就广受欢迎。相反，他的《1942》被"高大上"阴魂附体，不具备《辛德勒的名单》的艺术性，却想与那段历史一样不朽，结果就成了一部看过的说苦、没看的不想苦、影片本身命运苦的一部"苦"片。

当代作家贾平凹先生有些散文符合趣味的标准。比如他的"笑口常开"就是比较典型的一篇。该文在诙谐中，写活了一个生活在都市的知识分子的穷酸模样，笑中带泪，值得一观。建议朋友们找贾先生的散文集看看。

有味。味指韵味，作者没有把话说满、说实，给读者留有想象的空间。三条标准中，这条最难达到。作者如果没有相当的文学修养和人生情怀，很难传导出韵味。在这方面，中文胜于西文。原因在于中国的历代文人无不受老庄思想的影响，体现在文章上，就是讲究虚灵冲淡；而西人受科学思想的影响，文章多从实处着力，多无韵味。韵味虽说有些玄妙，但草蛇灰线，还是有迹可寻。

已故作家孙犁先生晚年的作品，更见风骨和学养。选一则《书衣文录》中的文章（注：孙先生乃整洁之人，在为发还的书籍包上书皮时，随手在上面写点感受，辑录成书）："一九七五年三月十一日，灯下装（注：包书皮）。时只闻壶水沸声，其他情景，不可知也。"字面意思无需解释，但韵味直透心底，令人悲凉心痛，先生晚年孤寂落寞之景如在眼前。每每读此，总是心绪起伏，泪湿眼帘。我曾对朋友们说，如果能够体会到这则平淡无华短文的精妙，就算步入文学的门槛了。

三条标准都符合的文章不多。常常是有一项突出就会被人们推崇。陈传席先生的《大商人、大文人、大英雄、大流氓》胜在有料；孙犁先生的那则短文，胜在有味；贾平凹先生的《笑口常开》胜在有趣。本想最后选篇三者齐备的文章，给大家看看绝好的文章是什么样，可脑袋搜索了半天，那些经常在脑海中飘来荡去的无数文章，竟然吓得不见了一丝踪影，连个泡都没冒上来。难道是我们凡人的眼睛，不配享用那样的美文吗?

问：您的标准可能适合散文，不适合公文。那三条标准也只是您的一家之言吧？我的理解对吗？

答：非常正确。加 10 分。

口才不好？怨孔子呀

什么是演讲，百度的解释是："演讲又叫讲演或演说，是指在公众场所，以有声语言为主要手段，以体态语言为辅助手段，针对某个具体问题，鲜明、完整地发表自己的见解和主张，阐明事理或抒发情感，进行宣传鼓动的一种语言交际活动。"

依百度的解释，演讲主要是指人们在公众场合以口语为主的交流活动。那么，每个人在其一生中，总会遇到需要演讲的场合。学生时代，需要回答老师提问，需要动员同学参与某项活动，需要做主题发言等；职场生涯，需要向同事或服务对象阐明观点，影响他人。可以说，演讲是每个人都应掌握的一项技能。

可是，中国的文化传统却不大推崇演讲，尤以旗手孔老夫子为甚。他老人家一句话"君子欲讷于言而敏于行"，误导了多少读书种子。就连不怕天地、不信鬼神的毛泽东，在壮年时，给两个孩子起名，一叫李敏，一叫李讷，也对孔夫子的这番言论予以了认可。

孔子所处时代礼崩乐坏，是个知识分子（士）逐渐脱离封建主，独立走上政治舞台的时代。他们靠学识及三寸不烂之舌游说君王，宣传自己的治国理政主张，加剧了各国之间的竞争，引起维护旧秩序的孔夫子的反感，使得演讲作为宣传主张的一种手段也受到牵连。孔子为了实践自己的王道主张，不得已，与他人一样周游列国。可惜前后14年，无君王用其主张，且到处被挤兑，如丧家犬般漂泊不定。主要原因当然是其主张不合当时世情，人家面临国之危亡，你却大讲仁义道德，换作你我同样难以接受。我揣测可能还有一个重要原因，那就是孔夫子可能演讲水平相当一般，证据就是他上面的那番话。

其后的孔门徒孙韩非，因著述而名动天下，秦王政发出"嗟乎，寡人得见此人与之游，死不恨矣！"的感慨。但韩非口吃，大大妨碍了其主张的推广，在故乡韩国不受重用，到了秦国，竟不得好死。《史记》说是因秦王受李斯蛊惑，说韩非来自韩国，必对灭韩持异议，应除去。我不认可这个理由，原因是当时从他国投奔秦国的士子很多，如李斯本人就是从楚国过去的，秦王能够信任李斯，为什么就不能信任韩非呢？

说来说去，是想告诉朋友们，如果你演讲水平一般，大可把责任推给孔夫子。然后，轻装上阵。

工商社会，人们交往的频繁程度远超农耕时代。相应地，交流机会也多。良好的口语表达能力是人们立身处世、实现人生目标的重要手段，不可小觑啊！

问：日常工作中虽说与人沟通的机会不少，但感觉不适用于演讲呀？

答：与人沟通的目的是为了影响人，什么方式能达到目的，那种方式就是最好。不合时宜地摆出架势，高谈阔论，是一种病。

即席演讲的一点体会

一说演讲，人们多会与"高大上"拉扯一起。比如即席演讲，就觉得是一件光荣、伟大而又艰难的事儿。可要换个说法，说是即席发言，大家又会觉得简单容易。概念误人，此即一例。其实两者都是在无充分准备情况下发表意见而已，并无本质不同。非要说点区别的话，那就是：认真对待，讲得精彩，可称之为即席演讲；随意而为，内容老套，则为即席发言。如果想提高即席演讲水平，就不要轻易放过即席发表意见的机会，将发言视为演讲，久必见功。

我小时口吃，考上军校时依然如故。军校与军队一样，有一传统，即每周一晚上都要开班务会，每个人都要总结上周工作，评选好人好事。我一则口吃，二则不会讲普通话，如坐针毡，惧怕发言。被逼无奈，遂立志改掉口吃的毛病。一是每天比其他同学早起半小时，练习用普通话读文章；二是课堂上只要老师提问就举手要求回答问题，有意识地锻炼发言能力。果然见效，也就半年左右，由原来的羞于在众人面前讲话到喜欢讲话，将明显劣势转换成了明显优势。

迈出了第一步，敢说了，就想再进一步，希望人们爱听。我的办法有两个，一是坚持读书看报，扩大自己的知识面，有素材；二是因存有发好言的想法，就比较注意会场情况及他人的发言，以便善加利用。经过不断地积累和练习，演讲的效果逐渐好了起来。

军校毕业后，到了部队，当排长、连长，几乎每天都要在战士们面前讲话。虽说军营生活如同地方每天上班一样，太阳底下没有多少新鲜事，但仍认真对待，争取每次都要讲出点新意来，讲得大家爱听。那段时期，即席演讲能力提升较多。

即席演讲要想效果好，主要在于多锻炼。但就技巧而言，也还是有点。

首先要对听众情况了然于心。要大体知晓与会人员的年龄、学识、业务背景等，以便有的放矢。

其次是要拉近与参会人员的心理距离。比如可从大家关注的近期热点话题说起，从单位内部的某件事情说起，从现场某个现象说起等，这些都是增强即席演讲效果的好方法。

再有就是观点或事例要有一定的新颖性。演讲的主要目的是要贡献自己的思想，能够给他人以启发。形式永远是为内容服务的。有好的观点，或者新鲜事例，能够凸显发言的价值。

还有一点，就是要言简意赅。即席演讲有随机性、礼节性的特点，点到为止，切不可长篇大论使人烦。

❀

问：有准备的发言还好，确实发怵惶即席演讲。

答：平时多练习，即席不发慌。

您是哪类演讲风格

我之意见,演讲大体可分三种风格。

激情型。演讲者激情四射,感染力及鼓动力强。政治家中演讲风格属激情型的比例较高。反面人物希特勒是激情演讲的高手。据有关当事人的回忆录称,现场的德国人听到希特勒的演讲后,往往如醉如痴,全场听众近乎歇斯底里。希特勒能够把以理性著称的德意志民族煽动得几乎与全世界为敌,魔鬼般的演讲能力是一重要原因。中国领导人中,朱镕基总理的演讲风格是激情型的。1998年3月,九届全国人大一次会议选举朱镕基为政府总理,他在记者招待会上的一番表态,堪称激情演讲的典范。

平实型。演讲者娓娓道来,如话家常,在和风细雨中将自己的主张不动声色地植入听众心中。一些政治家、管理者的演讲风格可归于此类。西方政治家中的罗斯福是此中高手。

他的炉边谈话，成为当时最受欢迎的电台节目，鼓舞了美国人民从大萧条中走出来，坚定了人们战胜法西斯的信心。中国的政治家中，胡锦涛、温家宝、习近平等演讲风格均属此类。

机智型。机智型以反应敏捷、幽默风趣为主要特点。一些公众人物多长于此道。比如，人们熟知的崔永元、汪涵等是此中高手。

演讲风格的形成，与个人的性格、气质、经历等密切相关。性格外向或有过军旅生涯的人，激情型居多；长期从事专业技术工作的，平实型风格居多；机智型的以有媒体或演艺经历的居多。

虽然每个人都有相对固化的演讲风格，但仍应学习和吸纳其他风格，以便适应不同场合。比如，要唤醒民众，与邪恶势力斗争，以激情型出现就比较适宜；如果是比较轻松的场合，机智型的效果更佳；与三五知己谈话聊天，平实型风格更受人欢迎。

问：您是哪一种演讲风格？

答：毫无疑问，激情型。

想象过没有语言的世界吗

美国一位叫苏珊的研究者,找到一位"没有语言的人",跟踪研究了十多年,让我们得以了解,那些没有语言的人是怎么看世界的。

这个人叫伊尔德丰索(以下简称"伊"),是一位偷渡到美国的墨西哥人,他一生下来就聋哑,也没有上过聋哑学校,因此不知道手语。但生存能力不容置疑,他从墨西哥一个小镇偷渡到陌生的美国,顽强地生活了下来。

伊不知道世上有口语和书面语言,虽然他每天看到小孩背着书包上学,知道是去做一件很重要的事,但并不明白究竟是怎么回事。

伊的视觉很发达,能记住很多常人忽略的东西。但他与有语言人的最大区别是缺乏抽象思维能力,他没有真假、公正的概念。

他有可笑的"绿卡崇拜",他将绿卡几乎看成是魔法无边的神灵。他不明白,为什么他的老乡向巡逻队出示绿卡,警察看后有的会恭恭敬敬送还,有的会没收,并把人带走。他最后归结为有的卡法力无边,有的失去了法力。他并不知道被没收的是假的,他无法从中得到真假的概念。

伊也无公正的概念。在他眼里,那些穿绿色制服的巡逻队员都是坏人,尽管他后来取得了绿卡,但遇到这些人依然紧张,他并不明白这些人为什么要抓人,他只能看到事情本身,却看不到事情背后的真实情况,即这些人在执行法律。

语言不是人类天生具备的,所以有些场合语言缺席人们不会感到有多大的不便。诺贝尔文学奖获得者莫言的家乡有一古老的风俗习惯,即在冬天第一场雪后,人们就会聚集在一起赶"雪集"。请看莫言笔下对"雪集"的几个描写片段:

"'雪集'者,雪地上的集市也。雪地上的贸易和雪地上的庆典,是一个将千言万语压在心头,一出声就要遭祸殃的仪式。成千上万的东北乡人一入冬就盼望着第一场雪,雪遮盖了大地,人走出房屋,集中在墨水河南那片大约有三百亩的莫名其妙的高地上。

"我多么留恋着跟随着爷爷第一次去赶'雪集'的情景啊。在那里,你只能用眼睛看,用手势比划,用全部的心思去体会,但你绝对不能开口说话。开口说话会带来什么后果?我们心照不宣。

"当年我亲眼目睹着因为不说话使'雪集'上的各项交易以神奇的速度进行着。因为不说话,一切都变得简捷明了,可见人世上的话,百分之九十九都是废话,都可以省略不说。"

莫言家乡的"雪集",是不是那块土地上的祖先们对人类语言的不信任我们不得而知,但无需语言竟能不碍买卖,确实给人们以震撼和思考。

人类自从有了语言,对语言就有了强烈的依赖。我们已经无法想象没有语言的世界是个怎样的世界。犹如我们已经离不开电,离不开手机一样。语言、电、手机等人类创造的万物,一方面证明了人类的伟大,改善了我们生存的条件。但另一方面,我们又要清醒地认识到,所有这些发明,都是人类为了改善生存而发明的工具,是为人类服务的,人不能反被工具异化。

问：同样是语言表达，为什么相声不耐重复收听，而歌曲可以？

答：似与本文无关的话题，又是一个有趣的问题。人们听相声是为了听内容，知道了内容，再听趣味就会少许多。而听歌曲重点不在内容，而是听词曲传导出的喜怒哀乐之情绪，故可重复收听。相比歌，戏在传导情绪方面味道更足，故许多戏迷能迷恋一些唱段一辈子。老北京人看京剧演出，就不说去看戏，而说"听戏"，就是重在品味戏曲传导出的那种走心的韵味。

互联网是人类大脑的映像

在《自由人的世界》一文中,我谈到,信息化既是人类第一次产业革命的尾声,又是第二次产业革命的开场锣。而信息化的核心是互联网的发明。我以为,迄今为止,互联网是人类最为伟大的发明。

人类文明的传承,最早是靠语言,口口相传。之后,有了文字,刻有文字的媒介——主要是书籍,成为文明的载体。因为书籍,人类得以突破个体寿命的局限,将对世界的认识传之后人。

书籍的局限又是明显的。首先是书籍不耐水火兵虫,容易被毁,这使得历史上的许多书籍失传;再是获得过程需要付出成本,非唾手可得;三是有人看,有人读,书籍才能发挥作用,书籍在静置期间是不会发挥任何作用的。

好在，互联网诞生了。互联网不仅很好地克服了书籍的诸多局限，而且进化得越来越令人瞠目结舌。

互联网具有了强大的感知能力。互联网已经连起了全球大多数人口，人们通过各类信息终端将方方面面的信息日夜不停地汇聚到互联网上，互联网成为人类随时感知世界的共同窗口。

互联网具有强大的记忆能力。互联网的海量存储功能是人类个体难以想象的，且仍以每两年信息量翻一番的进度进行着。而且，这些信息还具有快速准确的再现能力。

互联网智能能力初显。如果互联网仅仅是个信息收集器，那是绝对算不上最伟大的发明的。互联网当下最为厉害之处是在海量信息的基础上，日益具备强大的推理和判断能力。比如，1997年9月，计算机"深蓝"在举世瞩目的"人机大战"中，战胜了国际象棋世界冠军卡斯帕罗夫，依靠的就是在海量信息贮存能力基础之上的"不知疲倦"的推理能力。再是逐步发展起来的学习能力。2016年3月，谷歌人工智能 AlphaGo，战胜围棋世界冠军李世石，使得人们对计算机的学习能力印象深刻。这些都在塑造着互联网的未来。

互联网具有了感知、记忆、学习的功能，那不就是人类大脑才有的功能吗？可它又比人类任何一个个体大脑强大得太多。

人类对自身大脑的研究还处于初级阶段,世界上众多的科学家们都在梦想着摘取这顶人类学术研究的皇冠。人们对互联网的认识基本与对大脑的认识同步,这也许是巧合,也许有深刻的逻辑关系。我想,人类对自身大脑的理解,一定会有助于对互联网的理解;同理,对互联网的理解,也会有助于对大脑的研究。因为互联网就是人脑的映像,就是人脑的别种形态而已。

互联网,人"类"的共脑。

问:**您是否觉得互联网越来越具有神性?**

答:人们心目中的神应当具备两个条件,一是无所不知,再是无所不能。互联网已近乎无所不知,但距无所不能尚有相当大的差距。我以为,当下的互联网只能说是初具神性,要真正成为让人们顶礼膜拜的神还需要不断地进化。

您信共产主义吗

您信共产主义吗？这在中国似乎不应该成为问题。中国有8000多万共产党员，每个人在入党宣誓时，都会说"为共产主义奋斗终身"；中国的多数青年，是或曾是共青团员，在入团宣誓时，都会说"为共产主义事业而奋斗"。如果他们不相信共产主义，谈何为共产主义而奋斗？

但"您信共产主义吗？"又确实是个问题。一来人们可能认为共产主义过于遥远，与当下生活没什么关系，不去想；二来可能觉得共产主义过于美好，近乎天堂，不敢想。

我是在中小学政治课上接受的共产主义启蒙教育。坦白地说，早了点，那么高深的理论，中小学生是无法理解的。结果是只记住了一句话——各尽所能，按需分配。对"按需分配"印象最深，为什么呢？在那个普遍贫穷的年代，共产主义社会让人们想什么来什么，要什么给什么，那诱惑太大了。之后，为生活打拼，劳碌奔波，才感到共产主义可能只是一个美丽的神话。

后来，读了一些马、恩的书，对共产主义有了点理性的了解。共产主义是两位无产阶级的老祖宗描述的人类须经历的五种社会形态之一，且是最高形态。马、恩虽著述浩繁，但对共产主义的论述却很少，他们把主要精力放在了对资本主义社会的批判上。所以，要理解马克思、恩格斯关于共产主义的思想并不难，主要体现在下面几段话上。

马克思《1844年经济学哲学手稿》："共产主义是对私有财产即人的自我异化的积极的扬弃，因而是通过人并且为了人而对人的本质的真正占有；因此，它是人向自身、也就是向社会的即合乎人性的人的复归，这种复归是完全的复归，是自觉实现并在以往发展的全部财富的范围内实现的复归。这种共产主义，作为完成了的自然主义，等于人道主义，而作为完成了的人道主义，等于自然主义，它是人和自然之间、人和人之间的矛盾的真正解决，是存在和本质、对象化和自我确证、自由和必然、个体和类之间的斗争的真正解决。它是历史之谜的解答，而且知道自己就是这种解答。"

马克思《共产党宣言》："代替那存在着阶级和阶级对立的资产阶级旧社会的，将是这样一个联合体，在那里，每个人的自由发展是一切人的自由发展的条件。"

马克思《哥达纲领批判》："在共产主义社会高级阶段，在迫使个人奴隶般地服从分工的情形已经消失，从而脑力劳动和体力劳动的对立也随之消失之后；在劳动已经不仅仅是谋生的手段，而且本身成了生活的第一需要之后；在随着个人的全面发展，他们的生产力也增长起来，而集体财富的一切源泉都充分涌流之后——只有在那个时候，才能完全超出资产阶级权利的狭隘眼界，社会才能在自己的旗帜上写上：各尽所能，按需分配！"

恩格斯《社会主义从空想到科学的发展》："人在一定意义上才最终脱离了动物界，从动物的生存条件进入真正人的生存条件。人们周围的、至今统治着人们的生活条件，现在受人们的支配和控制，人们第一次成为了自然界自觉和真正的主人，因为他们已经成为自身的和社会结合的主人了。人们自己的社会行动的规律，这些一直作为异己的、支配着人们的自然规律而同人们相对立的规律，那时就将被人们熟练地使用，因而将听从人们的支配。至今一直统治着历史的客观的异己的力量，现在处于人们自己的控制之下了。只是从这时起，人们才完全自觉地自己创造自己的历史；只是从这时起，由人们使之起作用的社会原因才大部分并且越来越多地达到他们所预期的结果。这是人类从必然王国进入自然王国的飞跃。"

马克思、恩格斯《德意志意识形态》："在共产主义社会里,任何人没有特定的活动范围,每个人都可以在任何部门内发展,社会调节着整个生产,因而使我有可能随我自己的心愿今天干这事,明天干那事,上午打猎,下午捕鱼,傍晚从事畜牧,晚饭后从事批判,但并不因此就使我成为一个猎人、渔夫、牧人或批判者。"

根据马、恩的以上论述,我对共产主义的粗浅理解归纳起来就三条:一是生产力高度发达,物质极大丰富,贫困现象不再;二是劳工与资本的对立消除;三是人们成为掌握自己命运的自由人。

马、恩对共产主义的构想,是从资本主义社会资本与劳工的对立演变而推导出来的结果,具有很强的逻辑必然性。虽说如此,可对那个自由人的世界究竟能否到来,人们还是心存疑惑。在穷人的想象中,能够天天有肉吃,就是皇帝般的生活了。应当说,是生产力的不发达,限制了人们的想象力,并进而怀疑真理。

不料想,近些年来,以信息技术为牵引的科技革命浪潮席卷全球。此次科技浪潮发展之迅猛,对人类生活方式影响之深刻,怎么评价都不过分。于我而言,第一次真切地意识到,那个遥远的近乎幻想的自由人的世界,正在向我们走来。其实,仔细想想,新世界不会在某一天突然到来,我们今天的生活中,已经有了一些新世界的迹象,如人类制造能力的高度发达、劳工拥有股权、共享经济的产生、工作时间的缩短等，这些不都是马、恩描述的共产主义要素吗？至于一些人理解的共产主义要啥有啥、没有矛盾、幸福得整天哈哈哈，那是宗教中描述的天堂，那个天堂永远不会在人间出现，那个天堂与马、恩描述的共产主义没任何关系。如果您非要那么理解，那是您的错，绝非马、恩的意思。

问：我对共产主义还是怀疑。看看生活中那么多乱象，我实在无法说服自己共产主义正在向我们走来……

答：您很坦率，相信许多人有您同样的困惑，只是没说出来而已。共产主义在马、恩那里论述很少，但一个理论的正确与否与论述的多少无必然关系，关键在于是否合乎逻辑。我认同马、恩对资本与劳工推演的结果，共产主义必定会实现。至于是在我们有生之年，还是若干代后实现，不是问题的重点所在。

还有就是过去的宣传机器给共产主义贴上过许多不属于它的标签，把共产主义乌托邦化了，这与马、恩无关。在前面我引用过的几段材料中,能与你们脑海中的共产主义对上号吗?

再有就是我们都是生活在具体时空中的人,被生活局限,很少会对生活作理性的考量,更别提对遥远的将来,又是关系全人类的大问题进行考量。我奶奶活了104岁,从清朝活到了改革开放初期,去世之前,她能想象的最美好生活就是"楼上楼下,电灯电话",如今还有多少人认为这是最美好的生活呢?

手机还是工具吗

我在"自由人的世界"一文中,认为人类会经历两次产业革命。第一次产业革命已近尾声,这次产业革命可视为人类体能的延伸,目的是使人类变得更快、更强。看来,这个目的已基本实现。举个大家熟悉的例子,我们都知道愚公移山的故事,愚公想靠子子孙孙挖山不止,使阻隔变通途,精神不可谓不伟大,但我们也会感叹人类体能的渺小,故事中最后打通阻隔的不还是神么?对于今天的人类而言,移山填海就不是大的问题,尤其在能拆会建的中国人面前,简直就是小菜一碟。

第一次产业革命中人类创造出的工具,智能化程度很低,基本要靠人体四肢的操作实现其功能,所以,这些工具与人之间的界限还是很分明的,工具属性十分清楚。

第二次产业革命可视为人类智能的延伸,目的是把人脑从推理、计算、判断等劳动中解放出来。最终的结果，就是人类生产的工具会与人无缝链接，以此满足人们看到想看到的、听到想听到的、嗅到想嗅到的，以至想到所想到的。

手机在人类第二次产业革命中，扮演了一个先锋的角色。它在逐步满足我们的视听器官，同时，它还记录了我们的兴趣、人际交往范围、阅读偏好、收入（购物记录）、见得人或见不得人的种种隐私等等。由此，我们对手机首先是产生了依赖心理，没有手机基本意味着与现代社会的隔绝。其次是恐惧心理，手机丢失将会给人们的生活带来极大的不便或麻烦。我以为，人类自从打磨石块作为工具以来，还没有哪一个工具，能够如此地与人每天的生活密不可分。人们对手机产生移情现象也就是必然的事情了。

人类对工具产生移情现象不是自手机开始的。比如，一些汽车狂人对汽车的迷恋；再如美国负责拆弹的士兵，把炸毁的机器人送回厂方修理，厂方想用新机器人替换被毁的，士兵不同意，非要修好继续使用旧的，原因就是士兵在工作中对原机器人产生了感情。迄今为止，人类能够集体对所生产的工具产生移情作用，目前来看，莫过于手机。

当下手机的功能虽然已经令人惊叹，但是距离人类想象中的万能手机还有相当的差距。像饰品一样的佩戴式手机或将是下一步的发展趋势。最终会不会像打疫苗一样，将比今天功能强大太多的手机直接种植在人的身体里，与大脑无缝衔接呢？到了那个时候，你还认为手机是工具吗？

问：美国已经出现与手机结婚的人了，您知道吗？

答：在美国出这样的新闻不奇怪。

真正的爱应当是相互的，就目前的手机而言，连学习功能都尚不具备，就更别说爱的功能了。所以，那个与手机结婚的小伙子还只是单向恋。可是随着手机功能的不断智能化，一个比狗还能愉悦主人、比狗还能理解主人、比狗还能给主人以助益的工具，在未来人们的生活中到底会扮演什么角色，还真是个有着巨大想象空间的话题。

人还需要神吗

人类在自己的童年时代，由于生产力十分低下，受制于自然法则，过着居无定所、食不果腹的生活，遂创造出比自身强大许多的神。神能够移山填海、上天入地，无所不能，成为人类膜拜的对象。

随着生产力的提升，人们解读出一个个自然现象，制造出一件件生产工具，人的力量不仅使地球面目全非，而且已经走出地球，到达太空。这些无不昭示着人越来越具有神的能力。

与此同时，神的地位则明显处于下降趋势，尤其是其无所不能的一面，已不再被宣教者津津乐道，有的明令禁止信徒们谈论神通。如果说今天的人们对神还有信仰的话，主要是希望灵魂得到庇护。在这个变化纷飞、充满不确定性的世界，人们的这一行为可以理解。

目前的科技发展，在延伸人类生理功能方面，已经取得相当成就，但在温暖人类心灵方面还处于起步阶段。比如手机，它还不是一个善解人意的聊天伙伴，更谈不上成为人们的心灵导师，还仅是一个沟通信息的工具而已。可是，如果有那么一天，人类制造出来的东西能够及时测知主人的喜怒哀乐，对主人的了解胜过主人自己，能够聪明地与主人及时沟通，能够安抚主人的心灵，那时，人还需要神吗？

关注人工智能进展的朋友知道，那一天似乎不远了。

问：生命中不确定性永恒存在，因此，我认为人类永远需要神的安抚。您说呢？

答：神是人类发展到一定阶段的产物，就像阶级的产生一样，因而，神能否在人类的精神世界中永久占有一席之地，我持怀疑态度。当然，你我可能看不到那一天。呵呵。

大脑啊！你进化得太慢了

大脑是人类身体的主宰，灵魂的居所。人们对它关爱备至，呵护有加。但不知人们注意到没有——大脑的进化速度已经远远落伍于时代了，有点像中国社会的发展，时间已经到了中华民国，可一些男人的脑袋上却依然拖了条不合时宜的辫子。

据考证，人类已经有百万年的进化史了。在工业革命之前的漫长岁月里，人类的绝大多数成员主要从事体力劳动，也就是说大脑的进化形态是为体力劳动准备的。应当说，人类的大脑经过长时间的进化，较好地适应了人类以体力劳动为主的那个时代。

但是，工业革命之后，人类的生活方式发生了翻天覆地的变化。体力劳动逐渐被机器所替代，人类中的大多数迅速转化为脑力劳动者。但是，麻烦出现了，大脑跟不上趟了。

大脑进化不到位的主要特征有两个。一是大脑不能像四肢一样说干就干，说停就停，常常是干起来容易，停下来难，经常会惯性地延续一段时间。我晚上有思考、写作的习惯，经常是干完活该休息了，大脑却兴奋莫名。我常常摸着隐隐发烫的脑袋想，为什么就不能说停就停下呢？二是人们一旦进入思考的境地，对外界的刺激就不再敏感，就是人们常说的"走神"。人在走神的时候，置身安全的环境还好，如果是开车或手上正在从事其他工作，麻烦就可能出现。

究其原因，在于大脑没能进化出足够的冗余量，而体能是有冗余量的，人们在危难突发时，身体常能迸发出不可思议的力量，李广射虎就是典型的例子。

工业革命不过二百多年的历史，要求大脑进化出适合智力劳动的形态和工作模式，有些强脑所难。就像我们已经成了工业时代的人，心却常常滞留在农夫、山泉、有点田的农耕时代。那么，当下和未来很长一段时间人类的宿命，就只能是在享受工业文明巨大便利的同时，承受着大脑进化滞后的限制。

我预言，如果有哪位科学家或是哪家公司开发出一款能让大脑说干就干、说停就停的装备，受欢迎的程度应该能与当下的智能手机媲美。如果是受我这篇文章的启发，研发了这款产品，我的要求不高，送我一台即可。能有机会为全人类的福祉做点贡献，这是一件多么牛的事情啊。啊哈。

问：我认为大脑还有一个进化不到位的特征就是总想偷懒。您同意吗？

答：大脑高速运转后，对能量的需求超出对体能的需求。体能不足我们会补充能量，脑力不足同样需要补充能量，而这点常被人们所忽视。还有就是如果较长时间关注某个问题，大脑里的某一个主要工作部位就会产生疲劳，此时转换关注点，大脑又可高速运转。基于上述情况，我不太认同您的观点。

动物在看人类的笑话

上帝每天给人的时间只有 24 小时，不会因为一个人忙，而开恩多给点时间。习总书记感叹要做的事太多，不知时间去哪儿了。印度总理莫迪说自己一天只能休息 3 小时。信教的人说上帝是公平的，从给予我们每个人的时间上看，那还是可信嘀。

农牧时代，虽说生产力低下，劳作辛苦，但人们能够日出而作，日落而息。进入工业时代后，眼看着物质一天天丰富起来，可人们却感叹时间不够用了。加班成为上班族的普遍状态，睡眠不足成为都市通病。有些贼精的人竟然能够以此谋利，比如教人们如何利用时间，教人们如何做人生规划，教人们如何更快地睡觉，生产一些手表、闹钟等时间机器卖给人们等等。其实，有脑子的人稍微想一想就明白，除了人，还有哪种动物需要别的动物指导才能睡觉？需要闹钟才能醒来？人类是越来越觉得自己牛，而动物们则可能是越来越觉得人类活得不像分手时那么自然了。

这不，人类又在庆贺进入信息时代了，结果就是白天对着一个屁股大的平板敲敲打打，夜里对着一个巴掌大的平板指指戳戳，还一会儿皱眉，一会儿傻乐。动物们窃窃私语，人类莫不是疯了？那玩艺儿不能吃，不能喝，整天对着它干吗？而人类则感叹，我们又进步了，又把原来的动物兄弟们甩开了一大截。

可问题随之而来，那就是时间更不够用了。怎么办？麻烦就是商机呀，有聪明人开始行动了。2015年1月，美国宾夕法尼亚大学老师肯尼思·戈德史密斯开设了名为"在网上浪费时间"的课程。课堂上，学生和老师一起安静地坐在教室，手上除了一台已经联网的手机，没有任何别的物件。他们虽在同一空间，但却不允许有任何实体交流，只能通过网上聊天室、邮件和社交媒体传达彼此间的信息。老师希望能够由此达到"人类无聊史和浪费史上的新高峰"。

嘿嘿，动物朋友们要看人类更大的笑话了。

问：当代都市人睡眠时间确实少了，质量也降低了，人类会一直这样发展下去吗？

答：随着工具的进化，人类的社会属性空间逐步蚕食生物属性空间，睡眠时间减少只是其中一例。在我看来，这个过程是不可逆的。那么，二者之间有没一个平衡点呢？人类总得为自个儿的生物属性保留一点地盘吧？我个人的看法是，肯定有个点，但这个点是个极限点，只有在宇宙到达终点的那一刻，才有可能清楚那个点的位置。但那时还有用吗？

您在"身体银行"存了多少钱

看到这个题目,一定有人不解,没听说过"身体银行"啊,这是怎么回事?

"身体银行"这个概念是我杜撰出来的,但却有来历,源自朋友一段真实的经历。

这位朋友,在某中央国家机关工作,任工会主席。有一年,去西藏看望挂职干部,到了那里,由感冒引发大面积的肺水肿和脑水肿,报了三次病危。当地医生尽了最大努力抢救,给病人用过最后一次药后,说病人能否康复,已不取决于药,主要看病人的生命力了。万幸,这位朋友日常爱好运动,尤其喜欢乒乓球,多年坚持下来,有一副好身板。就是靠这副好身板,从鬼门关转了一圈又回到了人间,更难得的是还没留下后遗症。主治医生对朋友说,这么危险的病,能够康复得这样好,即使是当地藏民都很难做到,您的生命力太强了，大家应该向您学习。从那以后，朋友锻炼身体的劲头就更足了。

受朋友这段经历的启发，我就想，如果把我们每个人的身体视为一家银行，每一次的锻炼就相当于在这家银行里存上一笔款。存款越多，身体的家底就越厚，在遇到疾病，需要靠我们的生命力渡过难关的时候，我们才有足够的本钱。否则，不起眼的一场病，由于缺乏锻炼，身体本钱少，人可能说完就完了。

我呢，只要不出差，就尽可能减少应酬，下班后去打乒乓球，每次都能痛快淋漓地出一身汗，一天的疲劳也就自然消失了。这么多年下来，连感冒都很少发生，精神状态始终很好。我将每一次的锻炼，视为在身体银行存100元钱。我把近几年的考勤结果向大家公布一下，大家可以帮我算算在身体银行里总共存了多少钱：2012年143次，2013年137次，2014年128次，2015年135次，2016年150次。我的存钱数额算不上多的。一位球友，也是领导，每年都在200次以上。这位领导说，运动多好呀，一不给家人添麻烦（省照顾），二不给国家添麻烦（省医药费），三既环保还廉政（乒乓球省钱）。与这位领导比，我还得努力才行。

运动的好处其实远不限于保持身体健康，美国人约翰·瑞迪（John Ratey）、埃里克·哈格曼（Eric Hagerman）在《运动改造大脑》一书中说，运动受益最多的是大脑，而非我们一般理解的身体。运动有这么大的好处，还等什么呢？朋友们，快动起来吧。

❀

问：*也运动，就是坚持得不够好。怎么办？*

答：一句话，坚持到形成习惯，上瘾了，就好了。

蒋介石也说"愚公移山"

重新翻看金一南的《苦难辉煌》,在第四章"围剿"注意到一则史料。1933年10月17日,蒋介石为部署对井冈山根据地第五次"围剿",发布了《战守第二一三号训令》:"匪区纵横不过五百方里,如我军每日能进展二里,则不到一年,可以完全占领匪区。故今日剿匪,不在时间之缓急,亦不必忧匪之难觅;而在吾将士忍性坚心,以完成此革命最后之任务。如能效愚公移山之法,只要自强不息,则天下事无不成功之理也。"

蒋介石提出效"愚公移山"之法,是吸取了前四次"围剿"红军失败的教训。第一次围剿兴兵10万,第二次兴兵20万,第三次兴兵30万,第四次兴兵40万,结果均以失败告终。第五次则几乎掏空了家底,兴兵百万,计划每日只推进二里,筑起碉堡,步步为营,以一年为期,消灭红军。其后的结果大家都知道,中央红军并没有被消灭,而是被迫离开根据地，开始了伟大悲壮的二万五千里长征。

当代中国人普遍熟知"愚公移山"这个典故，不是源自蒋介石，而是源自毛泽东。毛泽东1945年6月在中国共产党第七次代表大会上致闭幕词，号召中国共产党与人民群众一起，以愚公精神挖掉压在人民头上的帝国主义与封建主义两座大山。收入《毛选》后，文章题目就叫"愚公移山"。由于共产党领导的中国革命的胜利，《毛选》的大量发行及宣传，使得这则有两千年历史的典故被今人熟知。后来的中共领导人邓小平、江泽民、胡锦涛、习近平等都曾引用过这则典故。

当下，思想多元，新媒体发达，一些人对"愚公移山"作了新的解读。有的解读别开生面，有的则近乎儿戏。但这一现象，足以说明这则典故历久弥新，不断给人们以启迪。

对于这则典故，人们一般将其视为励志短文，其文学价值没有受到应有的重视。这则寓言故事的广为流传，不仅在于形象地表达了一个久久为功的道理，还得益于创作者高超的艺术表现手法。这则故事仅310字，却有多位人物出场，且个个性格鲜明。情节曲折，结尾更是想象奇幻，感动得神仙出面将山移走。这是一篇非常优秀的超短篇小说，喜欢文章之道的朋友可做范本，揣摩学习。

问：网上有许多魔幻小说。您看吗？

答：旅途中，在手机上看过几本大部头的魔幻类小说，有时候还把自个儿吓得不轻，担心半夜会蹦出个妖怪啥的。好玩、消遣，仅此而已。这类作品如要上档次，应当虚心向"愚公移山"学习。

犹太人是突然牛起来的

犹太人口1600万，仅占全球人口的0.25%，但其影响却不小。获得诺贝尔奖的科学家中，犹太人及有犹太血统者占17%。人文领域同样大家辈出，海涅、贝多芬、马克思、弗洛伊德、卓别林、爱伦堡、毕加索、卡夫卡等不世天才都出自这个人数不多的民族。

第一个问题冒出：这个民族是一贯这么优秀吗？

No！18世纪晚期以前，在所有东、西方思想和知识史中，几乎可以把犹太人的贡献一笔带过。在这个漫长的历史旅程中，流散到世界各地的犹太民族，除了关系到生死的医学，他们求知和智力活动都集中于宗教问题上，这个民族的精英们在忙着为犹太教神圣的教规教义撰写极尽繁复精微的评注，他们不关注圈外的人在干什么，圈外的世界发生了什么。答案是，犹太民族在很长的时间里，平凡得可以忽略不计。

第二个问题冒出：犹太人的聪明才智是从什么时候开始释放的？

18世纪欧洲启蒙运动之后。可以随便百度一下看看犹太名人榜，除了早期的宗教人物，其他基本产生于19世纪之后。

第三个问题冒出：为什么启蒙运动之后，犹太民族的智慧如同一个储量巨大的油田被世人发现？

一是启蒙运动使得犹太民族的精英们不再把精力放在对教典的解释上，而是放在了对外部世界的认识上。他们对人、社会、自然有了兴趣。

二是中世纪的欧洲，普遍禁止犹太人从事农业（当时主要的生产业）及在政府中任职，迫使犹太人只能从事商业和金融业。而商业和金融业不同于农业，需要文化和高智商，迫使犹太人注重教育。从事商业和金融业，又远比从事农业来钱容易，犹太人于是聚集了大量的钱财，也有能力使子女接受良好的教育。好的教育是人才产生的基本条件。

三是成为世界名人的犹太人，看看他们的履历就知道，基本来自于英、德、法、美几个发达国家，他们是这些国家现代化浪潮的受益者。没有这些国家现代化的温床，是不可能产生这些明星的。

四是历史上，犹太人长期遭受居住国的排斥和迫害，这些惨痛的遭遇加深了他们的宗教认同和民族认同，互帮互助成为习惯，全民族的经济和文化水平得以提高。学者之间的相互欣赏和帮衬，也增大了他们脱颖而出的机会。

犹太人的崛起，给予人们如下启示。

第一，宗教可以成为一个民族的凝结剂，但它绝不会长出理性和现代化的花朵。因为宗教和理性是天然的两极。

第二，良好的教育是民族崛起的基本条件。从民众接受教育情况，可以预测一个民族的未来。

第三，一个民族的精英，如果只是把精力放在对本民族经典的注解上，而不是放在对外部世界的探索上，不仅是精英自身的悲剧，也是民族的悲剧。欧洲启蒙运动时，东方的大清帝国盛行的却是典章考据，之后的结局人们都清楚！

第四，世界史上的伟大人物，都是大浪潮上的浪尖。没有大浪潮，就不会有这些伟大人物的产生。如果犹太民族的主体生活于19世纪、20世纪的中国，他们可能不会遭到迫害，但也绝不会产生那么多影响世界的伟大人物。

说一千，道一万，任何一个民族，不管历史有多么辉煌，不管占世界人口的比例有多大，不融入、不引领世界文明，这个民族充其量只是在地球上活着而已，绝不会被世人尊敬。

问：您怎么会关注这个问题？

答：我们的报刊上充斥着关于犹太民族的神话，以为这个民族就像他们自个宣扬的那样被上帝所独宠。但阅读告诉我不是这样的，所以想告诉大家事实。仅此而已。

感　　冒

某天，下班后打乒乓球。打了一会儿，就坐在一旁与球友聊天，身体自然由热转凉，待喷嚏响起，已知坏事，感冒找上门了。

第二天上班，声音嘶哑，呼吸不畅，一同事安慰我说，你身体那么好，只是着凉了，绝对不是病毒型感冒，很快就会好。我说，所有感冒都是病毒型感冒，差别只在于病毒类型不同而已。同事很诧异，说怎么可能？我说，事实就是如此，在寒冷的南北极，人就是冻死也不会感冒，原因是那里气温太低，能够引发人们感冒的病毒无法在那样的环境中生存。

感冒的起因，有些人是因为体质差，想防防不住；有些则是一时疏忽，城门大开，被病毒乘虚而入。

人们只知道心血管、癌症是致人死亡的几大主因，其实感冒引发的死亡病例占比更高，但因最终死因非感冒，人们也就以为感冒乃小病小灾，从而忽略了这个元凶。

看来，身体想要健康，既要主动锻炼，还要做好防护，攻防兼备，才是应对之道。

⊱⊰

问：我觉得您讲的这个道理是不是同样适用于组织管理呀？

答：是的。环境有利时攻得上，环境不利时守得住，是长寿企业的生存之道。还有，企业管理人员对来自市场方面的反馈要用心体察，能够见微知著，方能争取主动。

汽车的眼睛是什么

科学精神往往体现在细节上。从德国人对儿童交通安全教育的一些做法，就能看出德国人严谨的一面。

德国警察对儿童进行交通安全教育时，会问孩子们一个问题：汽车有眼睛吗？孩子们通常都会答：有，车灯。警察说：错！司机的眼睛才是汽车的眼睛。过马路时，你们必须看到司机的眼睛，而且看到司机也在看你，然后才能过马路。德国人对此的解释是，孩子矮，司机不一定能看到孩子。孩子与司机眼睛对视后，方能说明司机确实看到了孩子，这时孩子再过马路，司机就会处于警觉状态，才有可能避免交通事故。

对司机又是如何要求的呢？德国的交通法规规定得很细。比如，司机看到车前方有玩具，必须停车，原因是儿童在玩玩具时，常常十分专心，会忽略周围的一切。玩具一旦脱手，如小车、皮球等，孩子会完全不理会周围的情况，径直去追玩具，这时发生交通事故的可能性就比较大，所以，才会有那样细致入微的规定。

这些规定，我相信都是血的代价换来的。可问题是，我国每年发生那么多交通事故，可为什么我们的儿童不知道这些知识，司机同样也不了解呢？我考驾照时，交规考了满分，但完全不知道这些非常有用的驾驶常识。

在中国，经常发生行人从公交车前横过马路，突然出现在小汽车前方的情况。每年因此发生不少交通事故。有位出租车司机告诉我，小车两侧有公交车或其他大型车辆时，要注意大车前脸下的空当，看有无人腿在移动，以便及时刹车。我问过不少司机，少有人能像那位出租车司机一样说到点子上。

✂︎✁

问：我们有时候是不是把德国人神化了？

答：有这种倾向。世界上，几乎每个民族都有一个显著

的特性,成为人们识别这个民族的文化符号。美国人——自由;法国人——浪漫;英国人——绅士;日本人——匠心;中国人则仿佛个个都是武林高手。中国人清楚,在中国会武术的是少数,而非多数,但老外不这么看。从这点看,都有被神化的一面,德国人又岂能例外?